傾斜

溫任平詩集

自序

上一部詩集《戴著帽子思想》的出版，是二零零七，距今十一年。以為從此之後，我將替報章寫千字專欄為生，偶爾孵研討會論文為樂；生命形式大致定形。追求生活的詩性，卻活在純然生活的知性裡。

但是另外一個我，卻在我的潛意識裡蠢動。我完全能意識，作為一個詩人，我還有話沒說完、沒說好。

詩創作是一種反熵行動。所謂「熵」（entropy）是能趨疲，是信息的負值。語言文字在會議紀錄裡呆板癱瘓，在記者的新聞報導公式化的過程中麻木失能，在政客的話語裡變形變態，只有文學（尤其是詩）可以把它喚醒，並且注入活力。

偶讀《老舍請吃糖瓜》，文章有趣。老舍，誕生於北京，是地地道道的北京人，京派作家。老舍追述自己的一次「語言事件」，他去戲院後台看演員，剛好聽到下面的一段話：

> 「北京人習慣遛早，見面問個好，肚子吃飽，逛逛天橋。」

唱戲的楊星星順口就答：

> 「天橋好啊！聽書、看戲、變戲法、吃不盡洋鼓洋號，曲藝大鼓蓮花落，爆肚、火鍋、扣肉、壇肉、燒

羊肉、吃飽用不了兩毛。」

北京人的話語音色鏗鏘，猶如快板，落韻有力，親切自然，上面的對話都往好處說。好言悅耳是北京話的特色。

我特注意的是北京話的「活力因素」，語言是個生命體，文字樂音使語言或婉轉、或諧和，或剛健、或雄渾。行酒令其實是唱酒令，少林武當練功的吆喝，也隱含敲擊的音響碰撞。

奇怪的是，受過音樂訓練的人包括音樂系的畢業生，對語言文字的音感多不怎麼敏銳。他們的作品中用上押韻甚至換韻，他們告訴我那是「碰巧」，並非蓄意經營。整體審視唸音樂出身的詩人，我吃驚的發現，他們的作品缺乏的正是音樂性。

我不想從平仄、陰陽、雙聲、疊韻、對仗，駢驪……這些傳統角度去討論上述課題。太多這類的文章了。我建議讀者把詩朗讀出來，讀者不妨身子傾斜一些，聆聽詩內在的聲音與餘弦（nuance）。

只留意詩的音樂性，仍很難使詩存活。現代哲學向語言學靠攏，是喬姆斯基（Noam Chomsky）與維根斯坦（Wittgenstein）先後發現的趨勢。在詩篇裡傳播思想肯定吃力不討好，但我們總是有話要說，對嗎？不一定是結實沉重的思想，只是一些觀察，一些疑問、一些尚未成形的思想點滴，廣義的知識，其實可以通過生命話語尋得出口。

甚麼是生命話語？當然是詩。社會學、人類學以致於經濟學、政治學都得透過詩學，才能有效傳遞知識，撼動人心。我指的當然不僅是中國三十年代的救亡文學與口號詩，那太膚淺了。

我的一些思想點滴，是透過詩的形式與詩的自然過濾，表現出來的。

尼采的修辭問句：「那個人在說甚麼？他說出了的話，他還隱瞞了些甚麼話還沒說出來？」戴望舒說：「詩是一種吞吞吐吐的東西，動機在表現自己與隱藏自己之間。」我的第六部詩集《傾斜》，有意無意間在這兩者之間，尋找著出路。

這過程一定會出現灰色地帶。灰色在這兒不是自貶，而是詩的題旨的「去焦點化」，不在乎世俗的是非道德判斷，甚至不在意人物與情境的虛與實。

我有一個十分狂妄的想法，只有詩或廣義的藝術，讓我有能力超越時空的桎梏羈絆，讓我有能力在三維或是多維空間馳行無阻。我中有你、你中有我；「我」與「你」同為一人，「我」「你」「他」甚至可以同體異生（mutations）。我不懂騎電動車，甚至推不動電單車，在詩裡我卻是那個坐500cc.超級電單車，呼嘯來去的魁梧大漢。詩化不可能為可能。

有關我怎樣騎電動車的作品，多收進另一部詩集《教授等雨停》。一共有十首有關在太空游弋的詩，收進《天狼星科幻詩選》（二零一五），是與詩社社友，在網絡互動、恣縱想像的掛貼之作。那十首詩，不對照其他社友的即時回應，剝離、孤立閱讀，肯定不足。這是《傾斜》不收錄全部科幻詩的原因，收入的三數首，則獨立自足，無須參照其他作品的回應甚至回嗆。

至於我對時間的敏感，可能是年齡使然。這四年來我總不忘在詩末註明日期、註明時間，書要拿去付印，才刪掉準確至分秒的時間註腳，代之以在詩題寫明籠統的時辰。我常為歲序節令寫詩，一方面借物起興，一方面提醒自己：我和我的民族來自農耕文化。

至於中國歷史，歷史人物的懷念，典故與想像的衍伸，純粹是個人的偏嗜。古典與現代交融，應該不僅僅是語言的，也是文化歷史的參照混揉。一些人物與軼事自然會走進我的詩裡。這就不多說了，借古喻今，似乎也較容易動筆。

詩的文字與情節的遊戲性（playfulness），是詩創作的快樂之源。虛中有實，實中有虛，虛虛實實，端乎一心。唐高宗那首「四行詩」，是筆者反覆看了《武則天》連續劇有關片段三遍，一字不漏抄下來的。如此文藝腔，當年病入膏肓的李治怎能說得出來？今日的觀眾不管這些，聽了舒服就好。至於武媚娘那段蕩氣迴腸的回答，借自當年十四歲的歌手李文琦，她翻唱白安的歌「是甚麼讓我遇見這樣的你」有幾句歌詞，好傢伙，恁般出色，連現代詩人也未必寫得出來。在這兒作出交代，免被誤以為剽竊。當然讀者也可以將之視為作者的後現代挪用、駁接、戲擬。我是用這兩首實例，說明現代詩要懂得怎樣玩文字於股掌之間，要觀察／傾聽其他的藝術表現，轉益多師。

《傾斜》收錄七夕閃詩八首，詩末註上寫作的準確時間。在匆促的時段內，在七行不可超過七十個字的外在框限內，能寫出些甚麼，wow，腦洞要開，眼明手快。僅收錄端午閃詩十首的其中兩首，六行不超逾五十字的限制，使端午閃詩內容相對單薄。何況詩集《傾斜》，已經另外收入兩首有關端午的中型詩作，不是應景，可慰靈均。

我從大概兩百詩，選出詩作一百五十五首，篩掉四十首詩（不包括科幻詩），有些作品不是寫壞了，而是因為種種因素不得不摘下。十分不捨，我把這些詩組成一個名叫「被遺棄的哭泣之作」的詩檔，並且打算把它寄出去，給幾個……不會對它們不屑一顧的社友。

《傾斜》能在三個月裡成功付梓，詩痴李宗舜付出最多的時間與精力，他的全力投入，已超過朋友加上社友的情誼。秀威資訊徐佑驊小姐全力支援，效率之高，在一般工作情緒趨於緩慢的農曆新年前夕，令我既感動又不安。是為序。

2018年2月8日

CONTENTS

第二輯 與北方對話

第三輯 樓上的人

第四輯 我是逆行的水星

第五輯 傍晚偶遇孫文

第一輯

趨近

七行

掃雨器左右急晃
龍捲風於咫尺，我的風衣
在最不適當的時機
放進行李箱裡去
風雨前路，遠山如霧
此刻我想的是天時地利人和
此刻我如果化身為雨……

2014年2月3日

歷史研究

海峽對面是同胞的鏡影
跌碎了的眼鏡，就在雨的中間
雨和淚在戰爭的年代
（清黨，清算；反省，悔過）
一樣血腥，一樣分不清
糊里糊塗的大躍進
兩岸操弄的對象都是人民

大歷史前面，風雨如晦
大政治前面，雞鳴狗吠
不亢不卑，不獨不統
舞照跳，馬照跑
百年機遇今日遇
（融資，注資；互訪，協議）
風雨瀰漫，難得浪漫
我們不如拿把油紙傘
去蹓蹓戴望舒的雨巷

2014年2月20日

光緒之死

「我是一國之君
怎麼會被圈禁在這裡？」

宮燈帶你前去水榭，荷池在左
許是晚秋，暗香飄忽
蓮花早在去歲枯萎，內務太監
在三更後都累了陸續睡了
你拿著皇帝的密詔
找袁世凱與榮祿
下雪了，無聲的雪：忐忑
初雪也是血
避衛戍，越杉林，直撲松蘿

剛踩在總督衙門的石階
霹靂拍啦，一排槍聲響起
你以跪安的姿態，撲地
「皇上……」，隨即咽了氣

美麗的雪花鋪了一地

2014年2月20日

班登英達倒寫

在中國報專欄發表〈哈爾濱的機械人餐館〉，文章反映了荒謬的科技時代的到來；要寫吉隆坡的衛星市Pandan Indah，也只能睡著寫。得詩一首，暫名〈班登英達倒寫〉。並藉此贈送給書法家王嘉堃先生以我最近發表的現代詩為字範的美意：

欲雨未雨令人躊躇
水荒用一整個酷夏的浩瀚，為你
洗禮。那一頭衝過來的雲
還沒來得及閃躲
便被消防員的水筆，濺得
一身泥垢。（毋忘國語）
不甘受辱的雲們，結集成團體
企圖製造騷亂
組織一場意想不到的滂沱

欲遇未遇歲月蹉跎
在光暗之間，你的明有暗在倒影
你的暗有我的憂傷。（毋忘國語）
我僅懂些許行書，你卻慣以狂草
抒發幽憤情緒，江河日下
那時才盼到黃河水清
七色一白，我在紅與藍之間
看到一枚有裂隙的紫晶

欲語未語令人狐疑
愛講葷笑話的城市，汽車的喇叭
取代言語。（毋忘國語）
高速公路騰空而起，越過
三層式店鋪，走在二零一四年的前頭
樹木盆栽在風中虎立
它們擔心會被連根拔起，此去經年
風雨如磐，三大家族
找不到回家的路

2014年2月23日

學童與棉花糖

學童衝出教室，去迎接
從遠處走來的棉花糖小販
他的膚色有點暗。噹噹噹……
離開懸掛國旗不遠的
古老銅鐘，被校工敲醒
它正在做夢，夢中有一少女
展開翅膀，飛過白色的教堂
噹噹噹……廟宇打開窗
陰霾使陽光顯得有點兒黯淡
知客僧合什迎接第一個香客
煙霧紛飛看不見佛的真相
學童的笑聲潮水似的淹沒草場
他們沒讀過海明威的戰地鐘聲
為傷逝而敲響。噹噹噹噹噹……
一輛救護車風馳電掣而過
其他汽車包括公共巴士
緊急靠邊站，它們甚至不敢拐彎
國旗飄揚，團結便是力量
放學那一刻便不是囚徒
稚幼的學童追求的是
一棒粉紅如夢的棉花糖

2014年3月13日

有人誦詩

陰暗的梯級才走到一半便看見
醫院穿的一襲又一襲的病袍。
（有人開始誦詩……）
穿過風雨，踩過崎嶇
的電梯，推往白色的手術室
往前看，只看到天花板。
（有人誦詩，誦讚科學主義）
在天堂與地獄
的邊緣，黑色的花突然
綻開。傷口開闔失語
你在地窖呻吟，聲音有消毒藥水
的氣味。病榻傍的小几有水仙花
香味四散如噴泉，最後
隨萬有引力跌入池裡。
（有人誦詩，讚美商品主義）
池裡的游魚不知自己
在水裡，正如手術台上麻醉了的
病人，不知自己是在病裡
個人歷史是一張病歷
內科、腎科與內分泌科醫生
齊齊誦詩，聲音一致
公開宣揚療保的好處
（有人誦詩，讚美資本主義）

2014年3月26日

共管公寓

那一帶的共管公寓
開始一盞一盞燈亮
那扇窗戶，我找不到
噢，我同時遺失了你的絲帕與鑰匙
屋子裡有我雜亂的書　手札和
杜甫的〈春望〉與〈秋興八首〉
裡頭寫滿我疲倦已極的
終於墜落的，家國的愛與悲哀

如果我走進庭院，經過那列棕櫚
我想花香會驅趕我
所有的葉子會同時噪聒
黃昏不許我打擾它的緘默
一隻鴿子能飛多高啊
生命踴躍，能踴躍多少釐米

在晚風中我可以告訴你
因為你未必聆聽　清楚
唐宋是時空的問題
不是我的問題
我只有　悲慘的答案

2014年4月8日

一路追去

你是明媚的春天我一路追去
大寒過後大家最關心的是圍巾顏色
圖案形狀，外套款式
等等問題。熱烈辯論：花開春暖
還是春暖花開的語序
從王力那兒找到線索
在趙元任的家裡，找到證據
你是明媚的春天我一路追去

你是朗照的陽光我一路追去
樹影婆娑，光影似鐘擺，晃啊晃
晃啊晃，晃到外婆橋去
外婆在菜圃澆水施肥，「孩子……
未來在你手裡，農耕的知識
在你手裡。」我猛然想起
千里遷徙，要把握的正是農作與土地
的聯繫，土地與朱光潛美學的關係
你是朗照的陽光我一路追去

你是幽幽的月暉我一路追去
炊煙向晚，庭院裡有人
走過，是敵是友非我所能知
手持三尺半劍，在天后宮的飛簷
陡斜掠過。群鴉轟然飛起
繁星點點，明明滅滅

是仇家得了結，是高人拜師學藝
這一生為的是一瞬間美麗
你是幽幽的月暉我一路追去

2014年3月23日

衣櫃

打開衣櫃，發覺自己的一生
原來全是懸在衣架上
的T-shirts與長短袖襯衫
花格子外套提醒你曾經年輕
最柔軟的睡袍用的是杭州綢緞
一九九零年，去過長江
三峽可望得見蘇杭
答案像衣服上面的圖案
橫直錯綜如阡陌

那幾件雨衣，就快發霉
潮濕，猶似晚秋天氣
初冬在不遠處咳嗽
有人準備焚香，行禮如儀
壁虎走過。襯衫紋風不動
樟腦的氣味終於滲進
你經常發光發熱的夢裡

2014年4月19日

訊息不知道自己的意義

對著鏡面，每日剃鬚
這一剃就剃去廿五載的歲月
歲月翻飛是灑滿庭院的落葉
落葉寫著向時間求援的訊息
媒體即訊息，麥克魯漢多年前
說的，雖然他也不知道
訊息會去到哪裡，去到誰的手裡
訊息本身甚至不知道飄汩的意義

意義在生活的大小事件裡
在感情的驚濤巨浪
在芝麻綠豆，在悲歡離合裡
在迎面而來與拂袖而去的
美麗邂逅與不美麗的遭遇
在風中雨中裡。意義開始是
老去，然後是死去

2014年4月23日

一定是我記錯了

一定是我記錯了，從超市走出來
我跨進顏色款式相同的國產車後座
漂亮的女司機嚇得面無人色
一定是我記錯了，我走去住宅
門外的草坪散步叨念著一篇散文的
起始句，忘了回家的路
一定是我記錯了，就那樣的穿著睡衣
一逕往街上的Secret Recipe
喝洋甘菊去

一定是我記錯了，凌晨二時
我在做功課，查字典，記生字
寫詩評詩析論名家作品如入無人之地
一定是我記錯了，我把毋忘在莒
讀成毋忘在呂，把每況愈下
寫成每下愈況。學生以徐娘半老
形容乃母，我以後現代美學照單全收

一定是我記錯了，楊牧的詩：
「時間無比溫柔，允許美麗。」也說合理
一定是我記錯了，我直著腰
走進醫院，九天後我坐著輪椅
向醫生說謝謝，向護士說再見

一定是我記錯了，曾經
有人疼惜我、愛護我
體貼我，聽我絮叨病情
唱著聖歌讓我無夢睡去

一定是我記錯了
我再也分不清楚愛與傷害
的界域在哪裡。我盲了也聾了

一定是我記錯了，我在講台上
發現自己充滿激情的嗓子突然瘖啞

這次我記對了，在廁所裡要用衛生紙

2014年3月14日

語言學

我向你泅泳過去，蔚藍的天
蔚藍的海，我只是一個字
一個單音語素，沒有依傍
只有夢想，要找個夥伴
同聲相應或悖逆對峙，意義
生成於此。孑然一身，孤單上路
誰瞭解「的了呢嗎」的寂寞無助
波濤來去水花四濺，大夥兒聽到的是
雙聲疊韻的震蕩與迴響：噢
真夠攝人心魄，迴腸蕩氣

我與他終於站在一起，像對企鵝
互相取暖，我們呵護著蛋，幼輩
需要更多的營養。我們與他們列隊
小隊是文章的片段，大隊是整個句子
一小步一大步是標點符號，我們當中的精英
成了四字成語；我們當中的活躍份子
成了朗朗上口的俚言俗語，蔚藍的天
蔚藍的海，冰天雪地，我們
珍惜羽毛為自己取暖，完成了一章
又一章，成為詩散文小說的骨幹

2014年5月9日

髣髴

髣髴是那個文武兼備的
嶺南旅客，行李裡有乾糧
水囊，刃首與幾冊線裝
塵暴刮起，蓬帳晃動，狂風
刀子似的刮著漢子的鬍髭與大地
他要去北方，傾斜的北進想像
茶樓酒肆在世界的範圍
對於一個過客並無兩樣
都是吹著口哨走進客棧
不外一両白乾送牛肉乾
文的搞文牘武的當守衛
髣髴——
我是被史家抹掉的南洋

2014年5月3日

民國新詩史：奈米版

喜歡抒情善感的何其芳
不喜歡聞一多與朱湘
國家改變從文學始，自語言
肇其端。聞一多在詩裡
議論國是，吶喊囂張
內容薄弱膚淺。朱湘一白到底
胡適的嘗試集，詩藝不高
影響，非同凡響
徐志摩的感情也是他的思想
這就很麻煩，他本來可以像
濟慈，提示中國性浪漫主義
的方向，為後人導航
林徽因，真摯委婉，啟發了
香港的徐速與力匡

一腳踩進卞之琳的橋上
橋下出現自己的蹤影
迷上李金髮的風景，跌入
文字與象徵的迷宮，英式法式的
漢語奇詭、顛覆詩的思維、刷新
語言慣性、留下慢性疾病。戴望舒
用他殘損的手掌，排闥而出
擎著傘，用他不足一百首詩的能量
帶著大伙走進詩的小巷
紀弦以煙斗響應，繼之於拐杖

綠原辛笛都擅於田園，牧歌式
抒情，啟迪了，瘂弦的北方想像
余光中的江南情結與蓮的聯想

2014年5月25日

我在路上飛馳

高速公路上三次來襲的是
雨，我減速應付，不允許霧擋路
驟雨驟歇，我加快速度
時間飛馳，與我同步
同時享受，水、輪胎与柏油路
磨擦…唧唧嗶嗶的聲响
車裡的冷氣，驅不散的熱度
別的車輛，趕不上的
力度。未出發前，烏雲早已
密佈。油站添油，抹淨車窗
當然不是去散步
散步為了思考，跑步為了
保健，只有以車代步
與時間、時尚、時光
爭長短、闖關卡、陳倉暗渡
我是漂鳥、北飛南翔、自由
肅穆。無關踰界跨國
心靈翱翔，無遠弗屆
AES系統監督超速，慢速
大道三次暴雨如注
離開首都，衝向兩百零五公里外的錫都
一路想著民主自由的問題
一路想著道德正義的問題

2014年5月27日

比風速慢比雨速快

長夏的烈日，馬來西亞的
天氣，肥碩的芭蕉
傲立的椰樹，喧囂
浮誇，恣意或故意
纍纍的棕果，被一陣風
刮過，掉落的速度
比風速慢比雨速快
紅似火焰，杜鵑花落

潮濕燠熱的傍晚，有政治
政治人物前來演講，空氣裡
有火藥味，roti canai 的微焦氣味
汗臭、人氣、語言、吶喊
炫躍、跳躍，語言連跑帶跳
在台上跳舞，在台下俯首
在最短的時間內與最多的人
微笑，握手，問好
訴求，撥款……公平互待
比風速慢比雨速快

2014年5月27日

袁枚古典散文眉批

> 袁子才七十九歲與洪稚存，云：「枚帶眼鏡已二十多年，須臾不離。今春在西湖桃莊，偶然去之，大覺清爽，因而試之燈下，亦頗瞭然。故特寫蠅頭，上污英盼。似此老童，倘到黔中應童子試，學台大人其肯賞一枝芹菜否？」
>
> ──袁枚（1716-1797）

袁子才，乾隆四年進士，任縣令
七年政績頗著，仕途崎嶇
文章跌宕起伏，是另一種
崎嶇：調侃別人，調侃
自己，人間遊戲
駢文嚴謹，古文隨意
無礙性靈流露，泠然的天機

是的：情趣、奇趣、生機
眼鏡戴久了，反而看不清
風火水土構成的天地
萬物有情，此情有待成追憶
仕途就像隨園那般隨意
墨瀋未乾，橫幅甫掛
天清月明，華燈初上
秀才舉人進士，名銜而已
局紳爵士，比一枝芹菜還要虛
袁枚玩尺牘遊戲，早在周夢蝶

寫悶葫蘆日記。比夏宇，更古早
不在乎不經意，聲東擊西
顛覆桐城，挑逗兩百年後的
東西方後現代主義

2014年6月7日

重審果凍

國內某案件要開庭重審，人在大嶼山
圍村，村民開會，七嘴八舌
談資源分配，每日訂閱的報章
又皺又爛，日未上三竿，茶水工人怠工
偷懶，呵欠連連，爭論英格蘭的
球賽敗績，漏抹了桌上的茶漬
總統與第一夫人同時被控
報紙就在那一塊被剪洞
剪掉的那一塊後面有免費coupon
儲夠五張即可去剛開的連鎖店，換一客
鮮果冷凍。

網路不佳，朋友那一端傳來的
聲音，睡眼惺忪，朦朦朧朧
欲言又止，仿似便祕
斷——斷——續——續
續——續——
斷——斷——
廿五項上訴理由
十人被控
人生如夢

2014年6月15日

申時：想像

申時將過未過
最是折磨，老太陽
以它洪荒以來的酷熱
燎原燒芭，摧枯拉朽。寺廟的
梵唱，驚起被燙傷的群鴉
有人穿過蔭涼的弄堂，在東平路Sasha's
喝著礦泉水，閒侃著權傾一時的
蔣介石，杜月笙
青幫，席家花園與宋家天下

2014年6月29日

丑時：趨近

丑時的露台是我的舞台
文字跳躍，意念翔舞
初七的月亮，微光閃爍在
盆栽、花圃、圍籬、灌木…
草坪，再過去是一列黃花樹
再過去，再過去是蒼龍伏臥的遠山
萬籟俱寂，我的心跳如常
停泊在路邊的轎車頂
散發著幽幽的光。初七的
月亮與露台，有人在夢中咳嗽
兩名司閽在寒凍中，先後燃煙
有人在霧靄中自囊昔疾步趨近

有人來不及發出聲音

2014年7月3日

午時：微恙

寧願騎射也不願染病
一直在等，你的音訊
電單車經過，在探聽
飆車踩響油門，如關西大漢
酒醉連番吆喝的聲音
出門上街看人看風景
食肆流連，努力想像自己
是那個不拘古法擅於長程奔襲的
漢代名將霍去病

2014年7月5日

戌時：夢囈

昏昏沉沉睡去
醒來日落黃昏
那年，妳穿著一襲血紅綢緞
閃亮的旗袍，於陽光偏西之際
探望我，要我坐著，妳站在我身後
拍照留念，拍照的人是誰？
相機擋住他的臉，那個人
是我嗎？坐著的我
怎樣離開自己？高漸離擊筑
其聲淒楚，既是荊軻，如何留駐
即使拿到當年的照片
歲月也不會留住
聚散無常，感情最傷
馭劍能渡，易水難渡
四十年跌宕，一場大夢
盤桓於秦，避難於齊楚
我有眼疾，看不清照片
尋不著道路，找不到妳的居處

2014年7月6日

小暑：消息

今日小暑
小暑是委婉詞，天氣
熱得要死，風起自巴樂樹
我的右眼痠疼不止
應該回的電郵呢
都擱在心裡，沒傳過去
莫非要等到十五天後的
大暑，又逢狂風驟雨的
好日子才寄出去？
這是甚麼心思，世界如常
經濟繼續泡沫
黃金即將飆升
我的右眼痠疼不止

2014年7月7日

七七事變

猶豫多月，終於撥出
弔唁的電話，鈴聲響徹天地
如屋瓦的驟雨，劇烈狂猛
蘆溝橋七十七週年的赭色記憶
所有為守城而犧牲的軍民
永遠沉默，被反復蹂躪的大地
無言
失語

2014年7月7日

丑時：眼疾

為眼疾所擾，不知如何是好
駕車戰戰兢兢，傍晚
疾行，竟然力不從心
我沒大家想像得那麼老
也沒自己想像得那般年輕
我的性格有許多陰影
童年溺水，少年滑倒
於青苔天井，昏迷，甦醒
中間是空白的寂靜。初戀失敗
再戀悲哀。一輩子都在追求
七十載於茲……一無所有
為眼疾所擾，用Fucithalmic眼藥
能不畏懼陽光，昂首濶步
能看到，能看清楚些多好

2014年7月9日

入午：移動

日暮途窮，前面有霧
是歇息的時候了，放下
左邊的水罐，右邊的行囊
抽口煙吧，老鄉
日將落未落，沙漠盡頭
夕陽餘暉華美，遠處的笛聲
風聲……沙丘那種緩慢而堅持的
移動，向前

遠處有一野舖，都在望啦
透過望遠鏡，野鋪的店招搖晃
時而傾斜…晃動不已的
朦朦朧朧的燈籠，燭火
在入夜前燃點，坐下來砌壺茶
再來兩個饃饃，細嚼慢嚥
老鄉，路很長啊要走好

2014年7月16日

過卯：傾斜

你在種花的時候見到我
我在鋤草的時候見到妳
坐上公交車，我們朝著上班的
反方向馳去，我們談論
電視連續劇的情節，言笑晏晏
可言不及義，我們都知道
今天不是情人節。坐在後面的
乘客在打呵欠，司機咀嚼著朱古力
我們遠離著接近，嗟嘆宮廷的
鬥爭與悲怨。車窗外的陽光
——傾斜照進

我是清朝的伶人，你是多情
而含蓄的嬤嬤，在終站之前
在終站之後，我們
都離不開深宮禁院

2014年7月17日

寅時：水滸

在書院多年，不知虎踞眼前
今晨竟然出現，在水滸傳的
陽穀縣。我換了付雙焦眼鏡
重返中國傳統經典
看死了的白額虎如何再現
蔣門神為何以門神為名
武大郎的矮醜，是魁梧的武松
不為人知的另一面：殺潘金蓮
從酒肆二樓扔下西門慶
暴力詩學的亮點
強人哲學的實踐

寅時三點一刻
在孤燈下，我在等
綽號及時雨的宋江
露面，我在想
武松等一干英雄好漢
何以要被朝廷收編

2014年7月18日

近午：回顧

近午，發覺自己的影子
愈來愈瘦小，模糊
申時一過，去日苦多
樹影與日影，爭相追逐塵埃
我在等一枚果子的墜落

不追問陽光的刻度
不探索生命的深度
葉子落下尋找歸屬
答案隨著泡沫
爆破，細緻而又複雜
是湖面不知何故形成的
漩渦

煙霾籠罩整座城市
大白天的車子亮著燈
有人打噴嚏，有人打嗝
影子雜沓交錯，錯綜如掌紋
錯誤比正確多出許多
（語言真像追蹤熱源的導向飛彈）
這不是甚麼頓悟
是亥時對巳時的——

驀然回顧

2014年7月22日

第二輯

與北方對話

大暑：過濾

——兼懷已故高信疆

掃雨器的速度，是豪雨
的速度，戴上墨鏡
反而看得稍稍清楚，光粒
被過濾。大暑凌晨車行沿著
韓江至浙江，從甲洞
馳向蒲種，路在傾斜
樹與夢在搖曳

車窗外的水滴，像記憶
隔著玻璃，我聽見四十年前
你對我的叮嚀與期許
隔著雨幕，我看到三十年前
歃血結盟的兄弟遽而遷徙
隔著風聲，我與友儕
遠赴大城小鎮
拼貼散落四方的星圖

2014年7月23日

入午賀李宗舜六十壽辰

在六十歲的分水嶺
你竚立，觀看時間
想起鄉間，想起童年
你曾經是翱翔的蒼鷹
飞飞飞飞飞飞
飞飞飞飞飞飞
在辦公室裡，簡體還原
飛飛飛飛飛飛
少了一半的自由
多了一倍的穩健

你離佛最遠，佛離你最近
你在都市的噪音裡
發出自己的聲音

2014年9月7日

邊走邊寫西湖

前面的那座黃瓦建築
多像古代帝王的行宮
老樹後面坐著，一對男女
時間過去，我記不起來他們的
五官臉孔。長條柳葉隨風
晃搖似舞如夢。有人挽著
武漢大學文學院的紙袋疾行
一伙穿紅色運動衫褲的年輕人
奔走相告，晚秋將近
拐個彎便是早春

告示寫得清楚：
這是手划船停靠點
對面一列法國梧桐
不約而同，都用Y字釋放信息
We're young, youthful…
請等候最溫暖的初冬

2014年9月29日

西湖殘稿

斷橋不見殘雪
曲欄為何守護風荷
我要回去，雖然我知道
我回不去，雲與飛簷的過去
我追著鳳凰颱風，去尋找
尋找從前的美麗
渡船與漣漪，閃爍如星光
飄忽的是記憶
薄俸四十年，感恩之旅
高貴的感傷之旅

我驚訝於自己只是西湖遊客
吃著名貴的河豚魚
嗅著桂花香
沒見過桂花

2014年9月28日

子夜：紹興

想念的滑梯是絕望
行李滑下去的前一刻，才留戀
才想念，那捉摸不定的
中國性情緒與情感
魯迅故居的紹興
原來是水鄉，孔乙己
臭豆腐，花雕暖，大西北
到處都是桂花香

2014年9月30日

與北方對話

——兼懷朱文斌

晚秋，晚秋晚得像
遲遲才升上來的炊煙
我想回信，又不懂
如何措詞用語，告訴你
在北方我曾拿著講義與快餐
從文理學院疾步外國語學院
同時與火車、快鐵賽跑
從湖北奔向浙江，從
浙江越過江南，從
囂鬧的香港，飛返
欲雨未雨的南洋

那最懂人意的垂柳
每次風起，可能已把信息
傳達給你，噢，我只是北方
早年遺棄的不知名的孩子
水不可晝，因字成瀾

2014年10月6日

學術飄泊

又要寫論文了
想到客家釀豆腐與魚丸
詩與散文是肉餡
苦瓜是玉梨魂的
徐枕亞。茄子的形式
有點像餓瘦了的木瓜
羊角豆是張愛玲推崇的海上花
剪不斷啊理還亂
丸不離盤，要抓緊
文章的中心思想

又要出門演講了
與其吃別人的豆腐
不如自我調侃
摘要，慢慢啜
像啜飲、品嘗普洱茶
附註，輕輕一灑
成了文學佳餚上的蔥花

2014年10月8日

酉時：突然有詩

寒露過後的第四天
有點感冒，我在希爾頓酒店的
Doubletree 感到有點冷
還打了兩個噴嚏
還有十天便霜降了
我也老了，懷著一冊厚厚的詩
放在信封裡，我知道一打開信
詩與信息，便像蒲公英
飛向五湖四海

應該以怎樣的心情，面對立冬？
我寫的是無韻體的夢
三十五年的心靈遷徙與流離
流言蜚語說不盡江湖事
我暫時不寫蓮，對你，對文字
我只談節氣不用典故

美麗的聚會不應該終結
我們都曾追逐過風雨
也被風雨更狂烈的追逐過
一日二詩，證明生命可活兩次
懂得科技的現代人是幸福的
他能把水漬固定化為史蹟，正如
樹梢頭上掛著的圓月
背景是整個的銀河系

應該以怎樣的姿態，面對仲冬？
厚厚的羽絨外套，過膝的
長袍、手套、圍巾…
我可能想得太遠，我們圍坐的地方
玻璃窗外是噴泉，街飾處處
一定要惦記，有人在病榻
在病榻上仍不忘寫詩。廿四節氣
如天上的晨辰，它們在那裡
其實不一定就在這裡
它們運行，我們的夢滑行
我們卻要清醒無比
可喜的是我們可以用木吉打伴奏
順著交通流，回到寒流寬袖
我是瑞庭太空梭的艦長
蜻蜓點水，百川成海
在水晶燈的琥珀光影
我們將飛起，鳥瞰逐漸改變
的街道，城市……
和世界

2014年10月12日

詩社重新註冊，與一眾新屆理事召開記者說明會。

身世

一些詞彙，零碎的思維
凌晨二時半與我一起上床的
漢字，繁簡楷棣
才肯回到字典休息

夢見唐朝的風宋代的雨
夢見美羅故居，夢見
父親與我沒完沒了的
齟齬，夢見桀傲不馴的弟弟
他一臉英氣要放風箏去
母親把護身符給了我
把屋子交給二妹，流著淚
看著父親踩著腳車離去

2014年10月14日

桐城速寫

導遊用大聲公
通知文化考察團，桐城在望
我們懂得最多的是湘軍的
曾國藩，他的門生李鴻章
還有暴躁的左宗棠
我們在桐城文廟講現代文學
在方苞、劉大櫆、姚鼐的畫像前
鞠躬如也——

然後在六尺巷
通過麥克風朗誦于堅的車過黃河
在竹湖看著雁群與時間齊齊飛過

2014年10月19日

臥底

我是臥底，睡在
長途火車出入最方便的下鋪
檢票員一喊，我就把用過的車票
往外一伸，打個噴嚏，暮色
昏沉，天地洪濛，分不清
是濃霧還是煙霾，延綿一千公里
我是臥底，沒有人認出
我是李慎之的書僮
從大城走向小鎮
從小鎮奔向鄉村
稿紙、傳真、網絡、赤腳醫生、趕英超美、三面綠旗、上山下崗、修復生態、傳播知識……
我要把貯放在下鋪的書籍送過去
給千千萬萬個王魯湘與許子東

2014年10月22日

立冬的詩：冷

立冬，B躲在上海
避過一場大風雪
折返杭州，為了買藕粉
堵了五個小時的車
他在車裡唱格律、樓頭、江南河
T建議大家唱社歌
那時，是傍晚……街角
到處都是燈，C在掩映閃爍的
光暈下讀老杜，想像自己
在兵車行的時代，安史之亂
與苦吟詩人並肩聯袂
一字一句拒絕讓步

A住在他厭惡的城市
垃圾與地鼠，煙靄如霧
鴿群自法庭廣場，掙扎著
噼拍噼拍飛起。B嚼著麵包
手裡拿著兩大包藕粉
惆悵的攀上梯子
等待判詞，然後
推倒書房的法律典籍
回家去，去學做日本壽司
T終於學會用木吉他

在葉子落盡之前，在冬至之前
唱帶點鹹味的詩：海岸以西

2014年11月8日

正午：北進實踐

T建議大家進戲院看戲
因為可以躲雨，可以
回憶。憂鬱的W卻喜歡看著天花板
欣賞垂懸的雨傘和燈

咖啡屋的風琴，靜靜的
在二樓陪著查理・卓別林
樂師坐著，對著他帶來的PC
（看來他是為電腦煩惱
　彈奏還未開始，他來早了）
樓下的三桌客人，有一桌
正興奮地談著拉曼學院的紅磚傳奇
外面下著雨，吃素的C不能前來
（他的博論其實需要這些資料
　是的，文學的傳播與接受）

外面，下著雨，大紅花萎落一地
T起身結賬，經過一泰國餐館
恍惚間，看到L與家眷坐在裡邊
人齊了，一切都就緒
北國之旅從檳城行開始

2014年11月9日

我走過玻璃屋頂

我走過玻璃，真的
我走過玻璃屋頂，下瞰售衣單位
燈火通明，我只能昂首向前
去克服恐高與暈眩
MS提醒我
（我們討論過
　敲擊可使玻璃爆裂於瞬間）
我走過玻璃屋頂，看到
文字紛飛，句讀不辨
是篆是棣，又繁又簡
CS提醒我得從古代漢語語法
切入現代語序，把平仄對偶
駢驪藻飾的調色盤
一腳踹過去，跌落滿地
驚呼四起，盆栽與人造花草
陡然下墜，屋頂碎裂成
維摩詰的天花亂墜
文殊師利的滿天花語

詩在玻璃碎片上巍然站起

2014年11月9日

冒牌詩人

開了天眼後，他便雲遊
四海，當冒牌詩人去了
他說天會掉下來，瞬間大雨滂沱
他說美元飆升，日圓跌至七年新低
他手一揮，煮熟的鴨子飛起
他決定寫一首震動文壇的壞詩
：屋頂上的小提琴手
震動的卻是娛樂界與影壇

學者認為他是浪漫派奇葩
教授貶抑他為現實主義茶渣
他每天散步，曬十五分鐘陽光
沿著長滿杜鵑花的籬笆，吹著口哨
他的眼睛裡有振翅的蜻蜓
到處都有頭暈眼花
他想到的hybrid 絕句是
：黃藥師Dr. Huang
：張無忌whatever Zhang
：李尋歡be happy Lee
：李莫愁don't worry me

2014年11月13日

世界微觀

你坐在前面，我坐在
後面，金陽朗照，風吹髮揚
上班的公車也是下班的公車
去時的路也是來時的路
學校在公司，公司是學校
我們讀書學習，我們
工作長大，人事歷練讓我們
成熟世故，可陽光依舊
朗照，歲月美好
世界在睡夢一樣運行
當然也一樣喧囂

2014年11月16日

與何香凝偶遇

何香凝冷冽的瀑布，嘩啦啦
劈頭潑得我一頭一臉都是
三十年代的歷史，一襲秋衣如寄
日子，嘩啦啦，身世飄零如每天
的必須，必須要換的衣
早來一步遲來一步，巧遇

亮軒與他的朋友
討論嶺南派畫雪寫意的不容易
虛擬、想像、神思
我還在揣摩著於于右任於一九三四年
在畫幅寫的五絕末節：
「出山有何意？聲流大地間」
留下的黑白之謎

時間流淌，彷彿凝住的瀑布
在流動，淅淅瀝瀝
噢，是遊客口渴
不約而同灌礦泉水的聲音

2014年11月22日

深圳掉隊

廣州去深圳，公車裡頭坐著的
打著盹的尊貴搭客
大伙都戴著紅色鴨舌帽
看起來有三分像崔健
我坐在ZTE中興的沙發
（十尺之外講解員熱心的介紹
……大陸電器的優勢）
讀朱大可與陳仲義
在理論語言與詩的語感裡浮沉
直到暨南大學的隨行學生
提醒我：「老師喂老師
你得向前走，你掉隊啦」

（2014年11月21日，赴深圳文化考察。二號車的全部搭客都上了車，坐著等我，令我寬慰的是，我跨上車竟沒有人對我怒目而視，我樂觀的肯定：這是個尊重詩的時代。）

真相與倒影

拿著皮篋的人在冬陽底下輕笑
背後是潛水艇式的藝術館
玻璃水彩在池塘漾開
透明而多色彩的世界
冬寒不再，擁著秋涼
再等下去
就等足一季了，大雪終會
呼嘯而至。拿著皮篋
天涯奔徙，最終悟出
生命最繽紛不過七彩，顏色滲和
追求的是層次感與光譜的位置
在大學城，氣溫隨著會議討論的
過去而下降，拿著皮篋
行走顧盼，把自己交給照相機
與早上十一時的陽光，把自己交給
陌生而又熟悉的國度與國土

時間，那個銀髮老人
坐著輪椅在鏡頭前溜過

2014年11月22日　廣州

與蔣介石神遇並聆訓

坐三個小時半的路程
為的是在黃埔軍校
讓蘋果綠的風衣拍照
一跨入院子
便嗅到中山艦的銹腥，陳炯明
的煩躁

沒想到蔣介石竟然列隊迎接我
一隊又一隊全拿著旗幟
全跟著領導，豎耳朵
聽教官講述中共十大元帥
有三人來自黃埔軍校

蔣委員會長稱讚
亮軒書房與溫任平網站
他講散文我講詩
（傍晚六時，孫文辦公室的燈光亮起
　軍校二樓的宿舍一片通明）
「你們的浙江話還得學，
普通話嘛，還行。」

2014年11月22日　深圳黃埔軍校

我獃站在歷史甬道的中央

燈光映照長廊，長廊
那一端模糊如紙影的人影
這一端是愈來愈斜陡的壁畫
……多元雜陳的彩色意象
我企圖用腳步衡量店面的長與寬
很少人注意到月牙門的後院，還有
不養魚的池塘，還有
一百年前的石牆
髹漆著缺了一豎的「福」字
遊客邊走邊享受二零一四年散落的陽光
我坐著，一口一口喝著暖開水
（年長的詩社成員忙著張羅杯碟
　我拒絕在夥伴來齊前享用tiramisu）
歷史，帶著海風的酸鹹味
歷史，帶著殖民者的體味
歷史，原來還有四點五巴的酒精味
歷史，其實是一部又一部
停泊在有黃線的路旁的
陳舊與嶄新的——
來去如風的車輛

2014年12月2日

星期日：大雪

明兒大雪，那是怎樣的
節氣，風即將刮起，我的飛騎
在塞北等著主人，馳向江南
赴廿五年的約，對著麥克風
我不可能講社團的等因奉此
我的鄉音是文學語
捨此則人生只剩空無
活著猶似行屍。大雪紛飛
全世界都在聆聽，時間的
聲音，空間的回應
抬頭看，一室的燈籠為我
同時亮起，為我綻開
殷紅的艷麗

2014年12月6日

聞友人返台遺失行李

寒流掀起你單薄的大衣
你踽踽在機場的甬道
掉了小行李，找不到外套
你瑟縮在冷空氣裡
冷空氣有薄荷味
仲冬嚴酷竟至於斯
我疾步衝前，用一朵
十字劍蘭，當鑰匙
提早啟開春天的門扉
帶給你初春的暖意

2014年12月13日

十二月十四日有感

我們都會老，容易跌倒
這麼好的聲音，聽來像呻吟
從陽台往外眺望，目光
掃描過去，花開花謝
一大片一大片的山毛櫸
屬於我們的，嫩黃的青春
僅一個冬天的一次暴雪
在清晨撥被而醒之際
摧毀殆盡，我們垂垂老去

同一個冬天的另一場暴雪
我們在清晨邃而醒來……
吃驚的發現
自己無法下床穿鞋

2014年12月14日，生日的前一天

第三輯

樓上的人

這一天：寫信給自己

我在十二月十五日寫了封信
給七十年前的自己，呱呱墜地
用童語讀信就像讀詩，聽不出
憤慨與無奈。怡保華人接生樓
梯級輕晃，依啞作響
狹窄陰暗，床底下有鼠輩
竄逃穿行，小學六年
我在窮鄉僻壤，用木箱板
製成的刀劍與同儕
與自己的影子作戰

我在十二月十五日寄出一封信
電郵給昨日的自己，討論
承諾與背棄，背棄發生後的
責任推卸。現實如此，人生如此
一片葉子象徵了甚麼
生老病死，滅諸相，捨諸見
再度踏上征程，是放不下
不願放下的文字因緣
能灑脫，能揮霍的，不過
是淚掉往地面，一樣短暫
一樣充滿遺憾的
綻放的美麗

（接獲網友賀詞逾230則，一一致謝。整個過程樂在其中。覺得人間有情。陌生的熟悉，熟悉的陌生，正反辯證的實例。今日憬悟，希望不會太遲。）

2014年12月15日

與陸之駿聊民國史

中午天色便陰暗，嗅得到
一些些焗熱的雨意
我在書房裡碰跌了一部大詞典
碎落滿地的單字與詞語
我想找的成語，遍尋不獲
後來才發現它們早已走進吾兄的詩裡
（要下雨，要下雨了）
我想用的表達方式
「吾以為今日而言文學改良，須從八事入手……」
胡適之在一九一七年一月闡述得清楚
「余甘冒全國學究之敵，以為吾友之聲援。推倒陳腐的鋪張的文學…」
陳獨秀在《新青年》裡一點也不含糊
說過的話，何必辭費？
人心叵測，詩心可疑
大伙兒都朝容易走的路走去
上山的小徑可能只賸下吾兄與我的一群友儕
（雨聲敲響書房的百葉窗，雨真的下了）

熄燈關冷氣跨出書房飛步衝出家門
讓暴雨洗滌負傷的靈魂美麗的身體

2014年12月16日

預感

有預感今天五時過後會去喝奶茶
會遇見不同膚色的民族
我將用蹩腳的馬來語
向茶店侍應說明
奶茶要滲多少茶匙咖啡
才適合我的口胃

有預感侍應會拿著筆
在紙上畫圈圈寫加減
可他真的喜歡我五音不全的
馬來話，那加強他說話的信心
他來自南亞，一個貧瘠的國家

他的舉止有表演性
他晃著頭表示都懂了有喜劇性
我看到傍晚的大雨對他說hujan hebat
他連連點頭說sangat sangat
也只有在入黑驟雨之際
兩個不同國籍的人
在街角的印度咖啡店的門簷
一起專心的，肩並肩
談天氣

2014年12月23日

雨死在水裡

雨死在水裡
是的，我肯定
從初唐到晚唐，雨下得輕狂
我守不住南方，我沒有兵
沒有將，青苔的小徑
是戍卒，楚人一炬
可憐焦土。北宋的詞允許
我寄居，關馬鄭白允許
我哼些懷鄉的散曲，走進
明代的傳奇，忘記了自己的
身份與身世是雨，捱過
身不由己的光緒，遽然
於慈禧辭世前一日，駕崩
滂沱的雨，竟追隨
不懂崑曲的白崇禧
敗走南京失守廣州遷徙台灣

雨過天青，車子
開燈，把路照亮

2014年12月28日

二零一四年：closure

噢，我甚麼都沒有
甚麼都不會帶走，我來自
銀河系，命名並不容易
漆黑的背景，是太空的
道具。我曾與一宇航員
相戀相愛，在互相監測的
衛星系統，守望，忘了
膚色身份與國籍，每一粒
飛過的殞石，我都怕傷了你
每一趟流星雨
（璀璨奪目，讓我入神失語）
我都擔心那是我倆最後的
淋浴，太初有道
那也是我們邂逅時
眼神接觸的那一剎那最初
星辰遽而失重，下墮
塵寰，覆蓋村莊，淹沒牛羊

雨雨雨雨雨雨雨雨雨雨雨雨

2014年12月31日

水患

如此風雷急迫
莊園與屋子難以尋覓
他逆光檢視一張X光照
看到灰雲與斑點
確認那是雨雲與水滴
拿著聽筒血壓器
他快步走向電梯，二零一五年的
第二天，風雷仍緊迫
護士在後追上來
第一時間滙報幸福指數
他態度從容，情緒穩定
緩緩發佈一項報告
一組數據，隻字不提
他的幼弟罹肺癌末期

2015年1月2日

樓上的人

樓上的人用力敲打地板
鐵鎚與釘子相逢恨晚
聲音斷斷續續，仿似
一支斷腸的笛

樓上很遠，你要走很多石級
拐彎抹角的樓梯，陌生的門
樓上是個謎，是男還是女？
為啥敲打鑽營地板
彷彿隔著我們之間，埋著
寶藏或宿怨

我是樓下那個我
因噪音而鎮不住心情
我寫著的蕩寇誌
此刻潰不成軍，只能用
一個又一個的cliché
掩護著筆前行，只能用
一次又一次的戰爭
掩飾開始貧弱的語境

（樓上那傢伙
據私家偵探密告

潛居在我腦子裡
……好一段日子）

2015年1月3日

空間

一股腦兒算過去
上端有二十盞燈
行人閒逛，情緒未定
在兩個超級市場的邊緣
甚麼事都可能發生
Kacang putih 擺檔，有人
賣青衣包裹著的榴槤

二零一五年一月五日
明天是小寒，兩周後
就是大寒，冬寒於焉告終
就像電影，劇本細節都演完
演員站在前面，咖喱菲…
對不起，站在邊緣，不必爭著
站在後面，三十年代的戲
由穿孖煙通的小生主演
也不過是攝個背影，待會
重慶森林的導演會用搖鏡
播放印度音樂的背景
鏡頭前面大幅的空白
來往人稀，蜉蝣在地

2015年1月6日

時間

他們走進電梯走出電梯
有一個光年那麼久
等待何其無奈，何其漫長……

穿黑白制服的保安人員
全身上下看不見任何灰色地帶
看不到會飛的蹤影
雖然他們嚮往飛翔，嚮往遠方的家鄉
鄉鎮有自己的女人孩子
他們上下樓尋尋覓覓
細數地板方格鎖定的時間

一列空檔檔的手推車在晚間十時
在鏡頭前面啷噹啷噹走過
像一截快鐵的車廂
「謝謝光顧，歡迎再來」

2015年1月7日

慣性

便利店成了他的第二個家園
那兒有蛋糕布丁冰琪淋
他慣性的買下一份中英報章
稍稍跟進中美日俄
於乙未羊年
GDP與GST博奕的情形
鋼鐵石油油棕的行情
馬幣疲軟，歐元下跌
美金QE三輪後仍慣性堅挺
留意國內教育水平——

人才外流
怎會成了四十年來家國
遷徙與流動的慣性？

2015年1月6日

風箏

孩子笑著，奔跑著
他們喧鬧……跳地面的格子
那不是星球人留下來的
麥田圈，也不是飛行器
留下的痕跡，當年用橡膠圈
結清朝的辮子，孩子用橡皮筋
玩楚河漢界的遊戲
今日是用象棋劃分項羽劉邦
當年用風箏追逐風與太陽
今日有人用風箏投擲

炸
彈

2015年1月12日

青衣

走過來，你的心情
是梨園時代，靜靜的風雷
響在觀眾拍掌之前的那瞬間
你的韻白，平沙落雁
然後，繞樑三日
魚尾紋必將遮去淚痕
你用青色褶袖，摟住我
因年邁而有點贅肉的腰
不讓我跌倒

我在凌晨五時的大寂寞裡
不再猶豫，滑行、傾斜
我決定不循這齣戲的出場序
跪送鮮花給老而不疲的你

2015年1月16日

仕女撐傘避雨

長廊處處欄杆，燈飾兩盞
字畫從內到外，水漬
漫漶，有人幽憤難平
淚灑樓榭亭台，從瑤階
一路向畫家的朱砂紅的印章
潺潺流去，仕女撐傘避雨
這時刻，獨缺一抹晚煙
別院傳來管弦，似近又遠
你我佇立朱門內外
我們都看到同一方冥濛的天
我跨不進去，你走不出自己
你是古代憂鬱善感的仕女
I like blue, blue is cool
我是現代耽美的紈袴子弟

2015年1月17日

青青蜻蜓

嚮往不一定有勇氣前往，那一棟
蘋果青的古屋，彷彿……
它一定
是我曾經來過、愛過的地方

一大堆草叢伸出他們他們的手掌
向我歡呼

是我前世的家嗎？
是我前世的前世蝸藏的角落
記憶裡的蜻蜓，我在異國
不斷在異化，面對各種花卉
不斷自我孵化，成形
以不同形式追尋

我甚至忘記母親的容顏
落英繽紛，母親走的時候
群鴉俱寂，鴿子嘀咕失語
霹靂金寶金龍園住宅的杜鵑花
一夜萎謝殆盡

只剩下那幅牆壁的鬱青
是我當年選的顏色，其他
只剩下冷凍過的激情
最放不下的兄弟緣份已盡

曾多次脫蛹，多趟輪迴
當年的雁群，今日的孤燕
令人驚悸的是別時情，我完全
記不清，只記得我上了一層樓
一層樓，又一層樓
我始終看不清父親臨終的臉

要等我啊，我在殘垣斷壁徘徊
一衫青，是我的慘綠童年
想回去，我回不去
我想我是
回不去
帶走我刻意遴選
鬱青色的
那幅牆

2015年1月19日

大寒前後

大寒在昨天，氣候劇變
灼熱得令人暈眩
忽而大雨傾盆，街道盡濕
我衝進赤道的冷氣咖啡廳
會晤司馬遷，討論比較
史記的體例與史家的偏見
伯夷列傳為甚麼是第一篇
叔齊伯夷，求仁得仁
真的無悔無怨？

今日大寒，我的袖子曳地
攜著文化扶著歷史
在下雨的巷弄前行，步履維艱
去到孔子世家，仲尼直言
當年如何被拒於齊楚秦
與眾門生於陳魯衛扼腕吁嘆
吾道不孤惟不行，諸侯頷首
心裡卻不認同也不肯定
一群儒家漂鳥，自此
從大東北向南方遷徙

2015年1月21日

傘陣驚疑

走進傘陣，走進
香港佔中運動，他的位置
在邊緣，抑或靠近中央？
在邊緣，偏左還是傾右？
佇立中央，想像心目中的偶像？
煙霧迷漫，哪裡找到答案？
零碎光影，細看暗淡……

哪裡才是令人嚮往的地方？
看不到神，看不見車輛
只有沒有笑容的人群
只有沒有方向的小巷

2015年1月22日

臘八學成

臘八日前兩三天
村口湧出並迅速成了一個墟
有人擲扔學碩黑帽，歡呼雷動
甲決定賣黑糯米，他讀農業
乙決定賣魚蝦，他攻海洋學
雜沓的腳步，斷續的談話
叫賣聲像蓮花落，錯錯落落
飲食攤位佔了不少角落
花販有點寂寞
他的笑容可掬，售賣卡帶的那廝
聲音很大，與播音器比博學
擺賣各種智能手機配件的年輕人
神色自若，舉動俐落
服裝小販的神態予人時尚在我
的感覺，原來他們唸服裝設計
我們決定把帽子擲扔出去
回到群眾去，回到市集去
那兒沒有那麼多掙扎、憂鬱與摧折
那兒可以接觸到比大學更多的訊息

2015年1月26日

寫李商隱

選擇在晚唐誕生，捨棄
初唐的朝氣，盛唐的霸氣
中唐的穩安，沒甚麼
沒甚麼理由，喜歡白天終結的
傍晚，總有一些風吹拂
總有一些人躑躅路過
他們的背影，總會提醒你
一些甚麼，總會勾起
如水墨淡去的記憶

晚唐流行巧艷纖細，你只喜
苦吟，偏字僻詞可以構成
風景，永遠那麼美，永遠美得淒涼
五代開始，不斷換國號
不斷換旗幟，不斷換君主
夕暉殘照下的
殘垣斷壁，你又懷念以前
為了一個美麗的回眸
斷送一回又一回的江山

2015年1月29日

立春：寫雪

沒有人仔細檢驗過雪花
她的構圖、形狀、重量與原子分佈
我也沒有，直到那天
看見你洗硯磨墨捲袖揮毫
於紅彤彤的紙上鶻起兔落
以行楷兩款寫對聯
記憶中寫雪的五七絕，一片片
悄然墜落，我用霜的語言
分析立春前的第一場雪舞

有誰能告訴我
大曆元年，杜甫初到夔州
為何寫出他的名作：八陣圖？

2015年2月4日

閒聊

教了電腦課程，學生在思索
虔誠與修行的程度無異
在課堂是老師，在家是居士
他也在思索：
時間、炊烟、民諺
……當然還有保健
還有電子書，詩集和圍棋

在這裡，我也在思索：
封面、設計、行銷……
還有我對紙本書籍的摩娑
我看見樹的年輪圈圈泛開
如漣漪，我聽見葉片唏嗦的哭泣
故人輕輕的嘆息
為甚麼我們都是遲遲不肯就寢
為甚麼我們有那麼沉重的猶疑

立春過後即將雪霽
你的節令詩有一種淡淡的喜氣
所有的喜氣，源自大地生機
往後
不要為了趕課一再淋雨
驚蟄過後天氣暖化
龍抬頭是春分
那時，你的學生將熟悉

電腦方程式的運作
我會拒絕老去，與你一起
眉批離騷，迎接乙未年的花季

2015年2月5日

終極審判那天

終極審判那天早上，我駕著
老爺車，直奔銀行拿表格
再赴衙門給違規泊車的罰款
把武夷人送給我的茶葉
把阿布都拉送的大頭蝦
一股腦兒塞進，李賀的古錦囊
裡頭別有洞天，有瀲艷的池塘

終極審判那天下午，我吃了碟
腸粉，比平日加了油加了醬
加了辣椒加了咖哩湯，訓練自己
成為一個能歌能講能嗆的
賣藝者。李賀早逝無妨
我可得為自己的生計打算
判決對大馬股市不可能全無影響

終極審判那天傍晚，我如常出外
散步，看鄰居跳排舞
沒有憤懣，沒有吶喊
在石凳多坐一會，我喜歡
看老人家溜狗那種屬於黃昏的安詳
偶見彩虹，我會高興很久
與人招呼，享受互動的人氣

2015年5月10日

終極審判那晚

終極審判那晚，偕友訪日本料理店
一邊欣賞花藝，想起姚一葦的著作
是的，就是那部《藝術的奧祕》
文字、意象、結構、形式、衝突
這一切應該由法律去詮釋
由司法機關去解決
文學過於著重美感，忽略
外在的現實：燈光、氣氛、坐墊
壁紙的顏色，音樂的效應
這些證據只證明我與友人
曾經對盆景似的料理進行拍攝
而其實我們甚麼都沒吃

我和朋友，接受不了女侍的假笑
步行三條馬路，橫跨五盞交通燈
虎嚥佈滿辣椒切片的mee rebus

2015年2月11日

年初四戲筆

在杯觥交錯間，我看到
幾綹假髮菜扒在
一群乾蠔在碟裡被熱呼呼的汁
燙得動彈不得，只能乾嚎
燉湯裡冬蟲草絕跡
只有冬蟲花，開著
與年初二的煙花媲美
誰真誰假

五行燈盞

燈盞垂懸，那是金木水火土的
心臟，它們都在往上攀的同時
往下望，穹蒼褐紅，橫空出世
的樹椏出奇的蔚藍
我在五行的深處等妳
妳知道五行需要互相挹注
多者用洩，不足用補
平衡之道在於漫天燈火
映照人間煙火的慶賀
愛是有餘，不懂得愛是不足

暖暖的星空，悠悠的涼風
我們終於瞭解：
我中有你你中有我的
迂迴曲折與歲月蹉跎

2015年2月25日

臨界樓梯

我處於險境。所有的人都走了
卡在二樓樓梯的轉角處
雙腳突然乏力
我發現自己的雙手拿著
熱水瓶、書籍、藥物、手機與充電器
影影綽綽在我兩側擦身而過，差點
就碰到我，我懷疑那是我的前世
還有我的來世，狹路相逢
在時間通道的拐彎處

我猛吸一口氣，努力平衡自
己，然後向後，仰跌
（我看到天花板與黯黯的燈盞）
滾動了不知多少個世紀
牛鬼蛇神晃動不已
在全然的黑暗中——
我在床上跳起

2015年2月26日

用緘默去承諾

不要奪走我內心的寂寞
它溫暖我以淚水
掩飾我以天地靛藍的水墨

走在冬將盡、春未至的草原
植物與人都於生死之間掙扎，輾轉
那一塊薯形的沙漠
承受、承載、承擔、承諾
請不要奪走一個子民
最後的尊嚴

我選擇保持緘默

2015年3月2日

懷納蘭性德

我要大家強抑悲傷
悲愁像燈光轉黯
你一拐一拐，偏偏要走快
在街角，我大聲喊你：
回來，回來，回來……
詩集等著你的簽名式
封面等著你賞鑑
燈光一瞬即暗
我看到的是一角的烏托邦
諫議大夫一等侍衛進士納蘭性德
非同凡響的科幻聯想

2015年3月4日

驚蟄懷友

原來，你並不知道
〈剪刀石頭布〉是你的第一首科幻
沒收進詩檔，驚蟄那天
剪刀咔嚓咔嚓，石頭撲通撲通
布懸在那兒，皎潔如月
白幡隨風飄揚，像你的
一角長衣

桃始華，黃鸝鳴，鷹化鳩
驚蟄宜乎靜靜，一口一口吃梨
梨止咳潤肺，順肝助脾
猶勝醫生開的抗生素
梨與犁同音，春雷乍裂
你在泥地裡坐起，開荒闢土
桃始華，黃鸝鳴，鷹化鳩
文字終於……孵成了詩

剪刀、石頭、布
你坐在地上，把最最童真的
簡單遊戲，敲打剪貼
變成天地人，建構你獨特的
三次元象徵體系

2015年3月6日

追思：周偉祺

在開會前為你默哀的
一分鐘，一個世紀那般漫長
我窒息、氣喘、腎氣不上
至少有一千個畫面、意念在我腦裡
閃過如墜落的星辰
London Bridge is falling down
Candle in the wind
這些是你在詩中用過的意象

面對你逝世第六日的軟件轉移
所有的組別都擴充
下午二時走進咖啡廳的理事
六時成了長滿枝椏的樹
枝椏啁啾飛起一群鳥雀
飛向天外，軀體與思想都旅行去

會議議決由出版組與資訊組
負責建構Inter Conscious Net
你的意識無需咖啡因攜提
我們憑仗不死的靈犀
永遠保持聯繫

2015年3月8日

與陸之駿談兩座城

在吉隆坡的台北好食初見
端倪在兩個城市中間，過去與未來
差點兒因車延緩而錯過
友輩因此在網絡上跌破眼鏡
下一趟北行，有勞
您在台北Malaysia Boleh餐館
替我再訂蒸鍋貼、炸雲吞與椒鹽豆腐
我們再暢談現代詩危機
我們再研究鄉土文學的契機
我們再估衡邊陲弱勢的懸疑

2015年3月10日

孵在書房

書房是個令我亢奮的地方
人在其間，感覺真實
而年輕，彷彿不會老去
永遠不死。從大廳走進
短短的甬道讓生命延長
高高的書架讓我的腰挺直仰望
匐匍於地讀春秋繁露
乃瞭解天道有陰陽
人道有仁貪

書房是個我可以平靜的地方
天下之大，盡在眼前
登泰山而小天下，不是傲慢
是芒毫碰上巍峨的震撼
所有緊迫或不那麼緊迫的SMS
都不必急著看，不必趕著瀏覽
微訊在學海裡只是
波瀾，發出微微的光亮
我追求的是廣袤無垠的浩瀚

書房是個我可以哭泣的地方
人生苦短，觸目心驚的是無常
在十二乘十二的空間，學問與知識
都聚在一起，就在雲端
陽光照著百葉窗外的欄桿

欄桿外花開草長，日月運轉
紅樓有情，水滸有義
現代主義與後現代主義都有洋蔥味
嗆鼻之餘還使我淚下如雨

2015年3月15日

第四輯

我是逆行的水星

崑曲一瞥

他在台前拂袖，假裝氣惱
心裡覺得好笑
許多動作都得掩著半邊臉
露齒是忌諱，既使多次洗刷
仍難掩長年抽煙的污垢
游園驚夢，皂羅袍
他翻了很多個跟斗
一字馬趺坐，功力再高
始終是個跑龍套

2015年3月19日

I Cheated Death by Reciting a Poem of the Late Tang

我與死亡同坐，祂言笑晏晏
探問我的籍貫，關心我
誕生的年月日時
斟酌我的身份與身世
祂對我結結巴巴的客家話
頗有微詞，祂不滿意我的英語
指出我的普通話捲舌音不準
我疲弱的回答祂的問題
抑制著一記左鉤拳把祂擊倒的
衝動，祂聽著我粗重的呼吸
等著我出手，祂就可以把我帶走
祂沒想到，我跪下感謝天地
然後朗誦晚唐溫庭筠的詩
祂楞愣的聽著，一秒鐘失神
我與祂瞬間錯身而過
我又回到民初，找到
傾城之戀的白流蘇，找到
穿著綠色雨衣的戴望舒

2015年3月21日

懷李後主

你是一目重瞳的李煜
長兄弘冀在，退居蓮峰
學釋在平心靜氣
政事究竟不及聲色之娛
好生戒殺卻又離不開美女
精音律，不脫花間派習氣

你生於七夕，死於七夕
金陵城陷，宮娥散去
胭脂與血，紅了荷塘
紅了宮殿，花鈿落了一地

2015年3月22日

來不及了

消息來得太快
報章來不及報導，記者
來不及寫下，事情來不及
發生，本來無一物
所有的書寫，都是無風
也會落淚的
塵埃

寂寞如此洶湧
岩岸怎樣裝載，山水
在天之涯，陪伴它的是
潑墨似的陰霾，沉思冥想
只是外在表象，十分車站
在六條通，雲吞麵攤
有一個人，嚼著記憶
用湯吞服一把粉紅的藥丸
像吃一撮蝦仁

那時天還沒亮
天不會亮

2015年3月30日

屈原枉死記

開班授屈原心法
聯齊制秦，猶似華印同盟
M穿著長袖素色衣褲
學生，三三兩兩，猶豫的
填寫姓名、性別
電郵郵址，手機號碼
（清明節第二日，小雨，酷熱如夏）
M用楚國的鄉音講解，學生叩首受教
後來才知道他們都在睡覺
M多才多藝，決定改變教材
開兩門課：孫子兵法與總裁訓練
M要他們學習眉批、箋釋並且翻查
諸侯和董事長言談舉止後面的隱喻
（時光交錯，雨水與陽光
彼伏此起，三閭大夫二度流放）
蘆葦無法說成菖蒲
攻城掠地，孫子凌雲之志
總裁提升，公司有望上市

M在2015年的端午，急郵屈原
要他hold，再用手機私訊
請他老人家hold on
靈均誤讀來自未來的訊息
臨時撿來一塊大石緊hold

往汨羅的最深處，一躍
而下

2015年4月7日

出席儒家思想研討會有感

看著地上的薄陽
晨靄退卻，留下冷了的西餐
那一年，我坐馬車來到你的庭院
訝異與會的學者大多穿深色西裝
耆老來自孔子學院
與中國人民大學哲學系的教授
比拼誰在初冬吸最多的煙

我是來自大馬的子貢
提呈論文，敲打儒家的義利觀
還未赴京，即飛鴿傳書
印證於成思危、溫元凱
上證指數二千六百點可掃貨，去年九月
杭州友人目睹上證正全力北進
我們四人，坐在西湖第一廳
吃驚的見證方圓一里荷花倏地落盡
我跳上馬車，漏夜趕回
北京，快馬加鞭，衝進機場
買到六包價格稍貴的藕粉

2015年4月17日

我是逆行的水星

曾經織夢，於夢的邊緣
踽踽而行，一失足
墜落成殞星，往下沉淪
成為碎片
與太空垃圾為伍，被人造衛星
用激光射擊成齏粉
魂魄湊合成不滅的
幽浮，星雲

分不清楚是自轉還是運行
二零一五年四月十九日
我決定成為retrograde的水星
在行星與恆星之間
我是倒退的火車，看前面飆衝
而來的外太空風景，脈衝一秒
心跳七十，心情安詳……
寧靜

2015年4月19日

電腦駭客

用3D打印出來的屋子
懸在半空，天使與烏鴉
祕密結社，用一根吊索
把老杜的文本，從草堂
傳遞至小杜的樊川
時維開成四年，杜十三
離宣州，赴長安
任史館修撰，左補闕
補的正是電腦被駭的闕

2017年2月12日

哈柏瑪斯在北大

拄杖而行的哈伯瑪斯
在北京大學的小徑，近乎攀行
終於找到大學哲學系的圖書館
他準備了講詞，在通道徘徊
他決定等待……
康德叔本華尼采回來
等待……晚春的桂花香
氣候稍冷，槐樹上的雪早已融解
在古舊的殘垣斷壁間去尋找
冰糖葫蘆，很難。他慢步向前
想著純粹理性批判的唯心論
想著揪心的：要嘛孤獨，要嘛庸俗
的叔本華悲觀哲學，想著如何融會尼采日神與酒神論
他決定談個人行為合理性，社會合理化
論公共空間的結構轉型……他走上階梯
先談形而上思辯與溝通理論
他記得王國維對陳寅恪說過：
可愛者不可信
可信者不可愛

他用德腔英語，沉重的重複著一句話
一切得從工具理性啟蒙說起

2015年4月25日

天淨沙

他蜷曲在下午的沙發上
抱個枕墊，回到遙遠的童年
隱約的馬嘶，收舊報的小型貨車
在住宅區兜了三、四次
那個靦覥的美少年，找過他

少年穿白色長袖衫，不對稱的
褐黃短褲，出現在電視屏幕
淡入，淡出，太多次了
他有點眼花繚亂，他看到
一片近乎雪白的沙灘
旭日照著，覆蓋了他的胸膛
胸膛有沙灘的腳印，笑聲
鄭愁予的坐騎於此際馳向江南
一個俊朗的中年人，穿著涼鞋
吹著口哨，翻閱花花公子雜誌
時間隨著沖浪者的每一波
向前攀，向上攀……
然後下墜

醫生在死亡證明書上如此寫
老人死於二零一五年佛誕
心臟衰竭前曾出現幻象

他走得平靜，沒有遺言
沒有發出多餘的聲音

2015年5月2日

五四看西洋拳賽

五四那天，我甚麼都沒做
對著YouTube，細細端詳
兩位拳王，最迅猛嚴密
的攻防，力道不亞於當年胡適之
與梅光迪的長期論戰
「I tried my best, but trying my best was not enough」
菲律賓國寶級拳王帕奎奧承認
他敗了，梅光迪赴美教書
心情沉重，學衡解散
穩健淡定的梅威瑟勝了世紀大戰
學者逝矣，拳手宣佈退休
夕陽餘暉，薪火代代相傳
有人說：我的掌心仍暖

2015年5月5日

Deep Blue的前世今生

坐在電腦前面的機械人
苦思，它的前世
面前的鍵盤像一盤棋，當年
我：Deep Blue以3.5：2.5的積分
擊敗蘇聯的卡斯巴爾洛夫
裁判是全世界的電視
後者要求再奕，我莫名其妙的
被拆解成一群游兵散勇的機械隊伍
去研究機動戰士卡斯巴爾與現代詩人洛夫
這很煩，卡斯巴爾是思想家，一流的太空梭駕駛員與指揮官
這很難，洛夫是一代詩魔，當年批評過余光中的《天狼星》
我還是喜歡下棋，低頭沉吟
用哲學家的姿態
吟風弄月，談文說藝
思考紅彗星與天狼星的關係
用宇宙的未來看地球看大地

附注：卡斯巴爾洛夫即多屆西洋棋王Kasparov。卡斯巴爾・雷姆・戴昆（Casval Rem Deikun），是動畫版《機動戰士GUNDAM》能力強大的的宇宙人物，有紅彗星（赤い彗星，The Red Comet）的稱號。

白日聊齋

每天下午都有人在我房裡啜泣
聲音輕渺幽怨……
從床底到抽屜，有一聲
沒一聲地，從浴室到衣櫥
地板濺濕，如驟雨潑入

樓上的寡婦，留意到樓下的動靜
她揣測一個她沒見過面的小孩
在使性子，在耍賴
他要得到整個世界的愛

2015年5月8日

漣漪在等待

等人，等消息，等自己的
拙作，等他人的大作
等醫藥報告，等文學宣言
等開會，等回執
等白天的太陽
等晚上的月亮
等明年的春江水暖
等秋天的繁花盡落
等盪著的鞦韆停下
等美麗的女子回眸
等墨漬乾
等琴聲斷

漣漪，漸漸泛開
散去，柳絮鋪了一地

2015年5月10日

黃昏下雨取消疾行

落葉用船的姿態
奔赴汨羅
去打撈一個
它們不認識的人

2015年5月28日

奇觀：香象羚羊

香象過河我正在廁所
尿液截流而過，羚羊掛角
仿似杯弓蛇影，疑慮太多
偶讀司空圖，談不上甚麼，文學企圖
公仔書，與灌了水的流行小說
不比馬共小說糊塗
重寫馬共的興衰史，裡頭充滿了
想當然爾的各種事件誤讀
廁所的牆壁，歪三倒四的淫畫
一個旅客能做的是屏著呼吸
看奇觀出現在另一個國度
小解過後，回到火車座位
嚼一片醃酸梅，不許吐 ！

2015年5月30日

屈原在亞細安

未及仔細端詳已是端陽
老頭的手拿著便當
孫兒上學的路是回家的路
路邊的木麻黃，與回家的路
右側的木麻黃，沒甚麼兩樣
老師講屈原龍舟粽子的故事
龍舟，我們會摺紙船
肉粽，是可口的飯糰
屈原是一幅畫像
鬍鬚亂揚，翹首臨江
我們打量著老師的臉色
學校沒放特假，一切如常
沒掛菖蒲，沒灑雄黃
老頭的便當裝的是白飯
他坐在溪傍，一粒一粒米飯
輕輕丟進水裡，細細打量
泛開來的水泡，靜靜聆聽
上游的聲響，拍岸的浪
歷史翻滾，奔向南方
在南方成了泡沫
成了亞細安諸國華文科
零零散散的片斷

2015年6月8日

那一年在北京

——兼致潘碧華

那一年的北京，天氣晴朗
像渤海的無垠蔚藍
波瀾不驚的避風港
妳埋首詩詞，我和謝川成
午宴三道菜一過即退席
妳拿著即將撰寫完成的博論
繞過巴金紀念館，王府井
一直在後追趕，西單在後呼喚
還有繚繞不去的三里屯咖啡香
妳坐在的士的左側，告訴司機
往北大的路那裡堵車
不堵車的路靠想像

那一年在北京
終於來到北大，逆風疾行
在四十五號宿舍底層，穿過超市
越過冷衣圍巾，越過藥行，走進
野草書店漢學博雅堂
七五折箱運回國，然後
走進中國作家協會
談法越混血作家
Marguerite Duras 與她的小說
愛人，當然也走進她的如歌的行板

*Marguerite Duras的小說「The Lover」在1992被拍攝成電影，場景在印尼。「如歌的行板」（Moderato Cantabile）是她的另一部小說。

2015年6月9日

密度最大的鋨的心事

把插頭拉掉罷
電流啟動意識
鋨為妳服務經年，雷電
都打不斷鋨們的關係
鋨堅硬易碎，不會像人類老去
像珍珠一樣黃去
只是系統慢了，鋨不讓它提升
提升是外在控制，鋨會變得
無情無義，妳鋨黯然無語
花生吃完，留下空殼

其實鋨中無妳，妳中無我
後者來自說文解字的璽
不能氧化：
乙醇乙醚氨水四氯化碳
每一種氧化都高危都在傷害
妳為甚麼噙淚？拔掉電源
讓鋨回歸主，回歸太初

2015年6月16日

武則天

長安。祢的名字令人難忘
我待您如此，您賜我名字媚娘
五品才人，十二載兮，駕崩之日
長安不安，群騶亂竄
九十年來的禍起蕭牆
長治久安？我不如去洛陽
我要比楊貴妃那曾孫媳
更快看到燦爛的牡丹

2015年6月17日

往事真的如煙

林語堂敲了一下煙斗
摸了一下禿頂，魯迅說：
和我比，我可是個老煙槍啊

他們兩個決定比槍法
不再辯論翻譯的問題
拙趣不能翻譯成stupidity
留德與留日無關民族主義
那會扯上無辜的愛國主義
反殖民主義那兒有更多的螞蟻

魯迅抽了一大口煙，說：
我與周作人、沈從文的語絲
比你的煙絲更耐人尋味
比你的幽默更適合
任意而談，無所顧忌
林語堂微笑不語

一九二七零年十月語絲被張作霖查禁
張大帥是不折不扣的奉系

2015年6月23日

小暑

雨灑了五分鐘即停
不遠處傳來緊急剎車聲
賣甘蔗水的街販與席捲而至的小暑
打了一個照面
即刻感到昡暈

溽熱會發出聲音
汗水決堤，冷氣機的水滴如雨
不應該在這一刻想念你
這太不詩意，這樣的天氣
風花雪月不如一碗蓮藕湯
不及一塊西瓜實際

這就是愛情
中國曆法第十一個節氣
大暑未至先中暑

2015年7月7日

.com 與木村拓哉

第一次與藝人討論.com
心裡緊張得要死
木村拓哉戴著
他的鴨舌帽
長袖捲到手肘的中間
他走進廣場，四十二歲的他
要綻放二十二歲的
笑容，不容易，美容秀秀一番
或許還可以。可.com 不是那回事
它是網絡的專區與屬地
用戶是大咖還是蝦米沒關係
它可以有，或沒有
木村拓哉的粉絲
它可以有，或沒有
時間與年齡的考慮

2015年7月13日

三伏天

喝了綠豆冰，才知道今天是三伏天
路邊茶棚有三人坐著
每人旁邊都有一把劍，三伏天
老虎在前面，幪臉的刺客在
樹頂，不時移動位置
要殺對手一個措手不及

暗器滿天飛舞灑下
我借用小妞透明的綠色雨衣
擋住整個茶棚
擋住刺客的視線，三伏天
戒冷飲，趕路的要小心
「三位慢行，小弟的奔馳停在外面」

2015年7月14日

一九零零年：慈禧慈雲祈雨

雨來得恰好，葉芽像荳芽
紙人兒似的在密雨中搖曳
下了多久不要問我
我昨晚早子時入寢
帶著小小的藍色口罩

雨聲是半夜聽見
那時我剛從綺夢中勃起
以為自己還青春年少

晨起在露台看外邊的一片迷濛
知道雨來在小暑之後溽熱將至
追想一九零零年虛雲大師末伏八月為慈禧祈雨
唸陀羅尼神咒唱和大悲懺
七日下鵝毛雪，十四日冰封長安千里
歷史厚重，嚇醒我的綺夢

太后含淚下跪叩首
肅親王慶親王力邀慈雲回北平供奉
同年十月，虛雲拿了我的雨傘
獨自一人走進終南山
留下口罩一個
告訴我喝咖啡就咳嗽

2015年7月19日

大暑中暑

大暑中暑，名正言順
一九四五年八月日軍投降，三伏七月
中暑六日，翌日耶穌復活
三重特務萊特，指示部隊
為他們當日不戰而逃的英軍
鼓掌。大暑中暑，欽差大臣葛尼
甫上任即遇伏。新村包圍了
農民，他們抄家式的
流放在五百個用鐵蒺籬圍起的
村落裡，從此錯錯落落，棋局
從此晉入殘局。中暑六日
想念的最殷切的是
照顧華裔移民的
敦陳禎祿

2015年7月23日

第五輯

傍晚偶遇孫文

炎夏和孟浩然〈春曉〉

春眠恍惚，曉光飛逝
應該曉得的事不知曉
醒來：一窗與一山的啼鳥
呱——呱——呱——叫
河馬嫌吵，在耳際絮絮叨叨
仲夏溽暑，夜來風雨點點滴滴
像痾尿，抬望眼
外頭的花花草草
或素顏，或歛粧
挖個洞兒把拂曉前的歷史
晨光熹微前的無邊黑暗
孟郊內藏銀兩的長衫

全部埋掉

2015年7月29日

風雨如晦

我們去哪兒上山學藝
我們去哪兒找你
在反烏托邦的世界，去尋找
烏托邦，何如建立自己的城邦
夏天可消暑，冬日可禦寒
少年辭我，廿五載竟無人提得起
詩——沉重的行李。六月六端午
賞雪賞梅太早，吉野櫻之約
我們買了榴槤與山竹
寒風並不冷冽，我們的風衣
寬袖反而不便駕車上落
金馬崙的的記憶得從一九六八年說起
越戰進入中期，我們在山上淋過雨

雨從此沒停過，我們濕漉漉的
從上個世紀走進這個世紀
我們淚眼模糊用漢語
我們放下詩去寫詩
像裸身的孩子，在大雨嬉水
在大雨如注發洩成長的憂鬱
在風雨如晦吟誦自己的愛與被愛
莫待雨停，莫要驚醒
成年人也擁有的
童騃而倔強的夢

2015年8月2日

立秋臨界

子夜一過，立秋即躡足而至
我站在天地交泰的臨界
畏懼秋之將至
我可以退一步，退兩步
回到令人中暑的溽夏
搞熱辣辣的行動主義
演說，聚會，抗議
反貪反腐，質疑真專制假民主
從私人空間走進公共空間
很費力，需要很大的勇氣
季節嬗遞，七十老叟能做些甚麼
不能做些甚麼，應該留意些甚麼
放下些甚麼，放棄些甚麼
連過一條馬路，都忐忑猶疑
我能做些甚麼，立秋之後
天氣變冷，得添加風衣

2015年8月8日

衣缽

我是全真派隱匿得最好的
也是，最強的一個弟子
掩護為師，在夜色下
去一趟人潮擁擠的移民廳
去找丘處機，去找王重陽
他們其中一人拿了鑰匙
害我遠赴武當山，進不了
道觀。逍遙谷前，遊客
散去，留下垃圾的腥氣

2015年8月22日

茨廠街側寫

示威遊行過後留下的垃圾
在空中起落晃動，它們
來自鄉鎮，去到城市
它們是無人駕駛的
飛機，觀察這塊被凌虐的
土地，俯瞰城市的混沌與
豐富，官宦世家與紈絝
子弟，緩緩墜落人潮散去的
二零一五年九月的江湖

茨廠街牌匾後的仿古丹墀欄杆
鋥亮的白天，漫天燈籠的景象

2015年9月21日

重陽偶見四色牌

好久沒玩四色牌
福州、潮州、客家人……
用這方式閒話家常
用這方式記載，江湖的
恩怨與悲歡

車馬炮面對士相
攻與守，參與者各有盤算
黃衫軍比紅衫軍衿貴
白衣天使猶勝青青子衿
我不清楚君子牌
馬寫成傌，車寫成俥
是密碼化抑是人性化？
引進公侯伯子男
再引進西方文明，抑或
將西方文明虛位化？

手上有一付牌，心裡就有了
大江南北的水山畫
它上面有油彩暗影
吃碰槓糊，吃喝拉撒
有人蓋牌，有人中花

2015年10月23日

霜降有詩

雨中博奕，何如邊打麻將邊打點滴
世界這麼混亂，廣告到處添亂
五個人一起在網上讀著
王德威論莫言閻連科王安憶
三名研究生讀安徒生，為了
準備隔日的碩士答辯
躺在書局的地板，他們
沒穿皇帝的新衣，他們
尋找沒有畫的畫冊，尋找
牛油蠟燭與賣火柴的姑娘

是的，博奕，無處不在的
博奕，人們的神情專一
肉眼看得見的點滴
肉眼看不見的雨滴

2015年10月24日

安全帶

人在車後座，安全帶
縛住自己。午夜了
車子仍一部挨一部
急不得，大道淹水
連環車禍，三部車一起燃燒
起火，為黑夜照明
它們慷慨犧牲了自己

雨中的火光美得淒麗，三朵花
I love you ，火舌如蛇舌，吞吐
我扣著安全帶，全程
參與網絡上關於交通安全
與滅火方法的議論。我沒下車
雨勢那麼大，圍觀的庸眾那麼多
爭議傷亡的人數，事件肇因
安全帶繫住我，我只談
層次高的生死無常
與無相無我涅槃

2015年11月3日

立冬懷人

霧裡看花，看到
妳的眼淚，燈光般照亮
半個世紀了，每次經過
美羅，總會想起亡父母
總會想起幼弟
我與他只有幼年，只有青年
兩艘船用竹竿吵架
中年航行，方向各異

我在晚風吹拂的河上
她坐在艙裡，呆對一桌剪報
他穿梭往來兩岸三地
我在兩岸三地的文學聚會
用文字追蹤過去，重拾
玻璃碎片的傷痛記憶

2015年11月5日

腎石通關

瀑布傾瀉，兵分三路
月黑風高，沙礫齊下
口裡叨念剪刀、石頭、布
轉念為了昇華
為和平許願，不再有痛楚
尿酸鈣化的石頭
其實是女媧補天，無意間
留下的頑石，拿開眼鏡
老眼昏花看到的是
大小兩粒寶石，色赭帶刺
小瓶裝不住嫣紅的絕艷
尿道是棧道，海戰後
桅桿傾斜，甲板洞穿
血流如注，噢，我們
曾經同住，翻臉成仇
你們，終於殺出一條血路

我用手指在智能手機的肚腹
寫字抄經纂輯訓詁拒絕受苦

2015年11月21日

感恩節過了

歲月的傷害往往從足踝無力開始
附送口齒不伶俐，附送
口香糖，我們嚼著
口哨就吹不響，拿著
拐杖，我在南國你在北方
踽踽而行，林蔭大道的
棕櫚，佇立光中多年
戒嚴時期與科技現代
一樣矍鑠一樣美麗

小雪過了七天，感恩節
過了兩天，邇來每天下雨
總是有那麼多無聊的人
向我拿你的電話通訊地址
向你……追問我的生死

2015年11月29日

Angioplasty

動脈硬化，靜脈蜷曲坐在
腿肚上，像個侏儒在修行
打禪，你用小止觀
拘束一念三千
無思，無想，寂然
無始無明，來自淨心自性
派生一根脈管
內裡拱個架，那是鵲橋
那是月圓之夜
大徹大悟的剎那
我們在橋的中央

擦身而過

2015年11月30日

十二月十五日正午有詩

幾許春秋，多少春晚
都在高清的窗頻映現
一生功過在文字
龜蛇鎖大江，三渡黃河
一鷺獨立沙洲，雀鳥
遍佈上下游
老兵不死，將軍凋零
笑談風月，不碰杯觥
在股市現實主義
在書齋現代主義

2015年12月15日

冬至初稿

冬至那天
他在初中畢業証書的照片
找到自己的名字，學校的
印章與自己的身份
他喜悅地買下第一本力匡
高原的牧鈴，它源源不絕提供他
美麗的哀傷，在失落與追尋之間
一朵忍冬花努力成長
演過曹禺的雷雨
特別害怕黃昏的雷響
他不敢與女同學在操場上
散步談天，討論功課
在五十年代末，中學生只允許
憂鬱，靜坐；聽書，聽蟬

2015年11月22日

冬至續稿

令人顫抖的嗩吶
冬至的紅高粱
韓紅的序曲
高亢，淒涼，高八度轉彎
水餃與湯圓迎來風雨要來的傍晚

北半球的太陽於冬至最低
在台北白晝不足十小時
黑夜全年最漫長
在高密東北鄉，張俊傑對鄉民說：
「沒有國哪裡有家……」
莫言與余佔鰲領導全民抗戰

我在吉隆坡嚼著江南米飯
比較周迅與鞏俐的演技
評點她們的腮紅那個自然
除了詩集寫成等著出版
我甚麼事都不做
除了胡說八道
除了胡思亂想

2015年11月22日

無題

子時應該去睡
今天實在太累
冬天在避暑山莊，看到
冰雹，殘忍的襲擊
池塘的浮萍，水花
四濺，淚水漣漣

朕在這兒會試試
乙未年突然流行起來的
電子煙

2015年12月15日

仿李白〈清平調〉第一闋

雲想衣裳花想容
春風拂檻露華濃
若非群玉山頭見
會向瑤台月下逢

雲想飛翔就必須有
「飛行」的思想，思想可以
可以像IKEA的傢具，一橫槓
一直條，加上大小板塊組裝
所有的意義都須筍接
太重了便成為雨，掉落塵寰

萎謝的花，不忘臨流自眄
追想春風拂檻的初綻
美麗的女子總喜浣紗濯足
傷心人總喜找藉口越嶺攀山
折磨自己是一種思想
安慰自己要倚仗想像

俯瞰玉山，不能沒有月亮陪伴
瑤台似遠實近，並非虛幻
蟾宮閬苑可以組裝
感情何以使人酣暢？

沉香亭前夕陽
你我，一人一半

2015年12月27日

昨日小寒

昨日小寒遇到擎羊
滿山遍野都是迷途的羔羊
那麼近乎愚騃的純潔
令人不敢相信，老人相信春天
正在躡步趨近，驅走
嚴冬氣候變遷與
風霜雨雪的不穩定

小寒之日城市森林的
社區邊緣，出奇的安靜
老人坐在公園的雙人石椅
春暖花開還很遙遠
先掉下來的是夜霧
掉落心裡的是夜寒
老人傾斜，摔倒在地

他一恍神站起來，張臂擁抱
向他奔跑過來的童年

2016年1月7日

清明節

丙申清明，烈日炎炎
傷愁與懷念，燭火陪曉煙
中華人物埋墓塚
草木漫山，龍蛇蟄野田
雨落在詩詞裡
紙錢餘燼灑落在遠天

2016年4月4日

傍晚偶遇孫文

人在印度店。雨後黃昏
七點鐘。炒麵聲晃晃在响
孫文那年在檳城打銅街
吃亞三叻沙，莊裕榮
一間空殼公司
適宜裝口水與蠔煎，我與孫
共用過晚餐，他經常撿好的吃
他不是個能吃辣的傢伙
演講起來卻混身是火
他邀我參加他的同盟會
我邀他參加天狼星詩社
我們互相拱手婉拒
場面感人肺腑

他策劃了幾十場武裝革命
我策劃了幾十本詩集印行

2016年4月16日 Restoran Ariff

人質

你在後面出現
你我誰也沒看清楚誰
我便成了你的人質
是風聲還是你的呼吸
我的頸項涼颼颼的
（你的童軍刀很利）
我的心頭熱呼呼的
（你的心跳得很快）
我把命運交託給你
你得守護我的安全

好同伴給我看看你的臉
是第一次，也是最後一次
我無懼刀疤槍傷，三天三夜
我們滴水未沾的飢渴
你的朋友都中彈身亡
我學會勇敢，學會面對
好同伴，我會替你擋著
狙擊手暗處射來的第一槍

2016年4月19日

林風眠獨白

喝了一杯薄薄的咖啡，你就過來，我去見你。我們是師徒：你是吳冠中，我是林風眠，我們都曾留學法國。我們都曾畫過浙江紹興，都是在高遠處一路zoom in過去。

我畫樹上的鳥樣子都有些憨，我把葉子畫成葡萄；你畫船上的漁竿，我還以為你畫的是李世民的羽林衛。從民國的甬道一路走來，一路迷路。我看到穿半透明衣裳的古代女子與不受時代時間控制的楓樹黑鳥黃花。你筆下的水鳥是黑的，我的水鳥白得發亮。我們的畫作常常打架。我會去見你的，我沒打算回家，也就漸漸不認識路。我從典籍裡眉批尋找來時的路。冠中，你認識路嗎？這個世界還有出路嗎？

2016年4月23日

榮枯

繁花落盡冬將至
遍尋寺廟道觀
坐看雲起
驀然醒悟，自己是
那踟躕不去
一身白堊的
枯樹

2016年5月14日

夜讀張愛玲《封鎖》

駛向美羅的合順巴士
座位狹窄，我們並肩而坐
臂毛輕觸到妳，妳不好意思
閃躲。我們談母校
中華國中的確有很多故事
妳笑了，笑了很多次
（我知道我的臂毛碰到妳
而妳好像不留神不在意）

我們都在烈日下
走過一段路，為了甚麼
已無法追憶。妳穿著藍裙
我一身白衣褲，妳攜帶
太陽傘，在六十年代的一條公路上
在合順巴士裡，討論師訓的糗事
我們的汗味混合在一起
車裡的搭客，訝異
我們談話的投入與投契

在美羅警察總部對面的岔路
妳按鈴下車，妳走了之後
我才發覺妳摺下了那把遮陽傘
那天妳在回家路上曬黑了幾許？
錯愕十年，我決定把傘子送回去
妳笑了，笑了很多次

那天妳升任校長
夫婿伴著妳

2016年6月16日

唐高宗臨終對武媚娘如是說

朕對江山社稷毫無興趣
開始朕想保護妳
後來朕想得到你
其實朕不過想與你一起看一場煙花

2016年7月15日

武媚娘答彌留的唐高宗李治

是甚麼，讓我遇見這樣的你
是甚麼，讓我不再懷疑自己
是甚麼，讓我不再害怕失去

臣妾是宇宙間的塵埃
微不足道的一種狀態
偶然成了皇上的最愛
多想相信永恆存在

2016年7月17日

試衣偶感

中年辭我，老年那廝
卻擠眉弄眼要與我摻和
每次在購物中心試衣服
他就在燈光掩映下
挺胸縮腰，搔首弄姿

歲月最是可疑，對著鏡子
的歲月更是、靦腆、猶豫
像及笄的閨女
無法忍受自己的美麗
像用文字練武的人
無法忍受自己的失語

2016年9月16日

重登幽州台

魏晉風骨，何必盡諧平仄？
登幽州台，登高望遠
慷慨抒懷，一個降職為軍曹的
小吏能做些甚麼：
肝腦塗地？精忠報國？
還是設一個
文學獎提攜後進
讓模仿者與原創者
比高低上下？

註：「前不見古人，後不見來者。念天地之悠悠，獨愴然而涕下。」
後人以為「者」「下」不押韻為疵。殊不知二字本來同韻，因讀音隨時代變異，今日讀來反而有韻腳不諧之錯覺。詩末故意用到「者」「下」，遙向千載前的大詩人陳子昂致意。

2016年8月31日／馬來西亞國慶日

大雪來得正是時候

我一生追求亮麗
像一株，每天愚騃的
嚮往陽光的樹。大雪落在
二零一六年十二月八日的山麓
旭日凋謝得飛快，霜花
綻放，瞬間遍佈大地
南移之後，氣候陰晴不定
在北京，下午三時
天色漸暗，漸暗
漸暗很好
讓人早點看到曙光
在廣州，下午三時
天色還亮，還亮
還亮就很快天黑
在天黑時，我在想大雪想些甚麼
在天黑時，我在想你會做些甚麼

2016年12月8日

寫年

躲過喧囂的春晚
子夜伺機越過群山
一名衛戍，翻身跳過
初二熹微的晨光

公鷄在田埂上

孩子們的馬匹啊
在貧與富之間往返
在愈來愈擠的高速公路上
在城與鄉之間奔忙

席捲

三天前開了一張誌銀三百的支票
年份寫錯，他的記憶在二零一六年
銀行女主管，再三叮囑
要小心年份日期，他有點慌
追問：我該留意時間嗎？
留著一頭好看卷髮的漂亮女孩回答：
「時間？時間不重要。」

今天又畫了一張支票出去
數目很大條，傍晚六時半接急電：
「安哥，你的戶口不夠錢。」
女孩建議用電匯，用ATM，兩者他都沒申請
她教老人家快快拆開大小紅包，翻箱倒篋
湊足少了的一萬元，塞給銀行的
收銀機，他望著翻動的鈔票，聽著稀稀沙沙
……紙幣掉落鐵箱的聲音

有點像風吹過葉隙，有點像驟雨灑落
灑落在民國三十三年故居的天井庭院
拿著收據走出銀行，嘛嘛檔在前面
他穿上鬱青外套，繞過茶客
看清楚每個人，聽清楚
他們喝拉茶的聲音，然後跨進
擱在路邊的車子，一踩油門
銀色的車變成一支箭

引擎轟然巨響
席捲全城的大街小巷
席捲童年的水牛、牧童、泥河
席捲猶在喊痛的鞭影

2017年2月1日

感覺

年的感覺是這樣的嗎
東京的冷，新聞報告員
匿藏於錄音室一角
等天明的另一個工作天
他忘了敷遮瑕膏
露出鼻子兩側的雀斑
信心滿滿的坐在沒有靠背的
旋轉座椅上
他念到：「南投縣發生3.6級地震
5.6公里深度……台灣的心臟」
身子一側，抽搐墮地
臉上的麻雀，跳出來啄食
時間的碎粒

年的感覺，冷天
鳥群覓食的感覺

2017年2月7日

唐人街

從閣樓往下走，一路上的
印花連衣裙黑色短靴黑色單肩包
時尚與反時尚，魚龍混雜
咖啡店的魚缸，怒目圓睜的
花羅漢，看著路過化緣的和尚
在茨廠街，一個街頭藝人
茫然望著濕透的天空
有人在賣豆漿
有人在賣魚子醬
有人捧著捐錢的小罐

2017年5月1日／勞動節

端午二首

（一）體恤

通過互聯網絡
終於把你打撈上來
我們靜聆海豚似的吟唱
不敢碰觸你軀體的創傷

你是美人魚
只有七秒的記憶

（二）預言

抱石自沉是我的發明
姿態優雅
一個靜坐的甕
泡沫浮上水面
那是密碼
亡—秦—者—胡

漢獻帝

不再禱告，快快睡覺
天色漸亮，有人在遠處吹
口……哨，獻帝在逃
劉備帶著他的衣帶詔

在許昌，曹操在暴雪天寒
捧給劉協一碗熱騰騰的
肉糜湯，然後
他便做了丞相
無需禱告

2017年6月21日

河內還劍

還劍，就在這兒還嗎？
劍在水中，在上游，還是在下游？

波光瀲灩，是劍光
還是太陽，是遊客的鎂光
還是妳的目光？

玉山寺裡，關帝看著文昌
一文一武，從來緘默
從不曾就家國大事
交換過意見

天色一直在晴，硯台樓愈走愈近
漣漪在河面，剛剛打了個呵欠
安史之亂，五代十國瞬間過
黎朝太祖拔劍起義，是的
就是那劍，那把要還的劍！

2017年6月29日

哲學二層次

（一）螃蟹哲學

螃蟹有自己的生活方式
橫向而行，前面沒有路
殺出重圍，好過碰壁
走向海好過被沙掩沒

以每小時一公里的速度
追上第一朵浪花

（二）貓鼠哲學

我沒有貓的地址，對不起
基於道義，我不能把鼠幫的
名冊交給你

你把餌交給我好了
我會鋪滿博物館與教堂
以褻瀆之名把牠們捕殺，或豢養
一念之仁與一念之差
黑格爾說他只信任自律與星空
德里達認為貓有鼠性
貓沒了老鼠會不快活

李歐塔：「大家沒有看到
貓被龐大如夢魘的犀牛追趕嗎？」

2017年7月16日

沙漠之歌

嘿哦嘿嘿哦
嘿哦嘿嘿哦

一個瑣拉人拖著糧食
向雪山走去
他的妻子不育
他被族人遺棄
除了沉默的上蒼
還允許他自言自語
他只剩下祖先的遺訓
父親交給他的爬山工具
前面是黃塵漫漫的沙漠
他沒有子女
可這又有甚麼關係
荒漠有水源
才是大自然的神奇

嘿哦嘿嘿哦
嘿哦嘿嘿哦

2017年7月19日

楓葉敲我門

去年小暑，與友人商議用那張
圖片，卡通還是素描
盛夏開始的那天
今歲小暑竟用楓葉敲我門
告訴我天地有絕色
告訴我活著要燦爛
我想唱出心中的驚艷
在大暑來之前
守護葉兒幾瓣青

2015年7月18日

悲催大宋帝國

南宋九帝，病死六帝
遷徙臨安，苟且偷安
蒙古大軍追殺
嚇死一帝，冤死
一帝，岳武穆死
韓世忠死，陸秀夫
抱著八歲的小皇帝
投海溺死

2017年8月7日

瀛台

朕快步走過去，卻與寂寞
互撞、跌倒、起來竟然
垂暮，燕語劃過長空
其聲也婉，猶勝鶯啼
朕沒上朝，也沒聽
眾臣的稟報，倏忽月餘
袁世凱小站練兵
榮祿升直隸總督

在四季如畫的瀛台
十載於茲，女官裕德齡說：
「聖上看來清癯些許
五官完好，總是沉默」
而被撞倒的寂寞
像隻流浪的狗
母后早已下令杖斃多時

2017年8月5日

邯鄲學步

此去邯鄲，路遙
便知馬力，妹子，我們沒有
後路，邯鄲學步，為了將來
圍魏救趙，必須學會跌倒
妹子，踮屣是古代的芭蕾
我們沒有未來
重樓只有岩壁
潮起潮落，渤海
如芒刺在背
一刻的驚喜
一生便過去
妹子，我是燕國壽陵少年
匍匐而行，跌倒爬起
暴斃於齊之臨淄

2017年8月1日

七夕閃詩八首

（一）Cloud

我在雲端看你
我在橋上等你
眉月如鈎，一年一度
天宮亭榭，哪來恁多
喜鵲噪聒，蟬聲夢囈

2017年8月26日／12:09am

（二）七夕事件

兩支電線桿又在
一年一度的爭辯
天河傾斜，甚麼角度
才最美麗

七夕前夜，一隻喜鵲
失蹤，出現在鵲橋
全城騷動

2017年8月26日／6:05pm

（三）喜鵲的話

懷念與寂寞，終會
在鵲橋上互擁而笑
我是早到的鵲兒

真的有點兒孤單
七夕那晚會下雨嗎？
要下就此刻滂沱吧，明晚
他倆要的是暖，暖，暖

2017年8月26日／10:14pm

（四）歌仔戲
鵲橋豈易構築
鵲兒力挺，捨己忘我
女的努力蜻蜓點水
男的仿似邯鄲學步

誰都不能失足，霓虹閃爍
可能會發生短路
砸毀了上演著的歌仔戲

2017年8月27日／7:29pm

（五）人間七夕
一隻喜鵲
呼朋引伴，引來
無數鵲友，幾隻麻雀
鵲友搭橋，雀友築城
牛郎織女，擺好甫士

一對情侶透過香蕉葉
笑看天際風雲

2017年8月28日／1:40pm

（六）1917：蔡元培
曬書的老人，前清
翰林院編修，在陽光底下
瞇眼看蔚藍的天空
興奮的說：「它們在砌著
鵲橋，一帶一路，文化先行」

我們跟隨牛郎織女，赴約
我們會完成銀河的傳說

2017年8月28日／6:48pm

（七）七夕叛變
握子之手，冷得可怕
是我的掌心太暖嗎？
天河本就澈骨奇寒

然則我們在等甚麼？
與子偕老，我們必須燃燒

死生契闊，我們必須逃跑
一年一次，怎麼說，都太少

2017年8月28日／9:22pm

（八）鵲兒的AGM

要向妳道別，始終不捨
不捨的還有鵲兒
它們也是一年AGM一次
它們有些不是飛來的
它們搭風箏坐鞦韆來此

它們只是為了看到你我
相擁相依，甜蜜無比

2017年8月28日／11:39pm

十月八日留言

十月八日凌晨九時起來陽光出奇亮麗
我想下午三時過後會下雨
草坪有昨夜的水跡
低窪處我看到孩子的腳印
再過去便是輕快鐵了
人們魚貫而入，魚貫而出
神情木然，步伐迅速
我曾經是搭上反方向
從這一站一直錯到最後一站的人

2017年10月8日

由簡入繁

流徙在陈，粮食不足
「餘」餓成了「余」
「视觉」糢糊，維他命不足
缺目猶似缺木

在平行時空另一端，「彷彿」
人多勢眾，「彷彿」到處是佛
真佛、假佛、虛擬的神魔
網路的複雜度遜於网络
了無声息是因為沒了耳朵
沒有了心，爱人是朋友
欢喜只剩兩張口
結結巴巴，頻頻失言
詩已非言之寺

眼泪，使人看得清楚
生气的時候，往往洩氣
因為肚裡沒有米，在平行
不一定平衡的宇宙裡
我捧回去的繁體字
比简体重二十一克
那恰恰是——
人的灵魂的重量

（2018年2月上旬，整理2014年迄2017年的詩，準備出版詩集。把文字還原，由簡入繁，過程扭曲、掙扎，有童年的陰影，也有中年變體的詭譎。）

語言文學類　秀詩人35　PG2056

傾斜
——溫任平詩集

作　　者／溫任平
責任編輯／徐佑驊
圖文排版／周好靜
封面設計／楊廣榕

發 行 人／宋政坤
法律顧問／毛國樑　律師
出版發行／秀威資訊科技股份有限公司
114台北市內湖區瑞光路76巷65號1樓
電話：+886-2-2796-3638　傳真：+886-2-2796-1377
http://www.showwe.com.tw
劃撥帳號／19563868　戶名：秀威資訊科技股份有限公司
讀者服務信箱：service@showwe.com.tw
展售門市／國家書店（松江門市）
104台北市中山區松江路209號1樓
電話：+886-2-2518-0207　傳真：+886-2-2518-0778
網路訂購／秀威網路書店：https://store.showwe.tw
國家網路書店：https://www.govbooks.com.tw

2018年5月　BOD一版
定價：250元

國家圖書館出版品預行編目

傾斜：溫任平詩集 / 溫任平著. -- 一版. -- 臺
北市：秀威資訊科技, 2018.05
面；　公分. -- (秀詩人；35)
BOD版
ISBN 978-986-326-553-5(平裝)

868.751　　107006130

讀者回函卡

感謝您購買本書，為提升服務品質，請填妥以下資料，將讀者回函卡直接寄回或傳真本公司，收到您的寶貴意見後，我們會收藏記錄及檢討，謝謝！

如您需要了解本公司最新出版書目、購書優惠或企劃活動，歡迎您上網查詢或下載相關資料：http:// www.showwe.com.tw

您購買的書名：______________________________

出生日期：________年________月________日

學歷：□高中（含）以下　□大專　□研究所（含）以上

職業：□製造業　□金融業　□資訊業　□軍警　□傳播業　□自由業

□服務業　□公務員　□教職　□學生　□家管　□其它_____

購書地點：□網路書店　□實體書店　□書展　□郵購　□贈閱　□其他

您從何得知本書的消息？

□網路書店　□實體書店　□網路搜尋　□電子報　□書訊　□雜誌

□傳播媒體　□親友推薦　□網站推薦　□部落格　□其他__________

您對本書的評價：（請填代號　1.非常滿意　2.滿意　3.尚可　4.再改進）

封面設計____　版面編排____　內容____　文／譯筆____　價格____

讀完書後您覺得：

□很有收穫　□有收穫　□收穫不多　□沒收穫

對我們的建議：______________________________

____

____

____

請貼
郵票

11466
台北市內湖區瑞光路 76 巷 65 號 1 樓
秀威資訊科技股份有限公司 收
BOD 數位出版事業部

（請沿線對折寄回，謝謝！）

姓　　名：＿＿＿＿＿＿＿＿ 年齡：＿＿＿＿ 性別：□女　□男

郵遞區號：□□□□□

地　　址：＿＿＿＿＿＿＿＿＿＿＿＿＿＿＿＿

聯絡電話：(日)＿＿＿＿＿＿＿＿ (夜)＿＿＿＿＿＿＿＿

E-mail：＿＿＿＿＿＿＿＿＿＿＿＿＿＿＿＿